아메리칸 블랙퍼스트

국립중앙도서관 출판예정도서목록(CIP)

아메리칸 블랙퍼스트 : 히데오 아사노 장편소설 / 지은이:
히데오 아사노 ; 옮긴이: 부희령. -- 서울 : 앨리스북클럽 :
토담미디어, 2015
    p. ;   cm

원표제: American breakfast
원저자명: Hideo Asano
엘리스북클럽은 토담미디어의 임프린트임
영어 원작을 한국어로 번역
ISBN 979-11-955305-0-2 03840 : ₩13000

미국 현대 소설[美國現代小說]

843.5-KDC6
813.54-DDC23   CIP2015013146

아메리칸 블랙퍼스트

American Breakfas

히데오 아사노 장편소설

부희령 옮김

앨리스
북클럽

序

참새들은 이 책을 읽을 수 없고 읽어도 즐길 수 없다.

오직 얼음같이 차가운 바람을 가르며 하늘로 날아오르는

독수리들만이 그럴 수 있다. 참새 떼는 나를 작아지게 한다.

내가 바라는 것은 소수의 독수리들과 영원히

샘솟는 영감을 함께 나누는 것이다.

— 히데오 아사노

데니스, 제임스 그리고 조에게

01

켄지 시마다는 한 장의 그림엽서 같은 하이웨이 위를 달리고 있었다. 그는 소방차처럼 새빨간 914-4 포르셰를 뉴욕까지 배송하기 위해 대륙을 횡단하는 중이었다. 미식축구 경기장처럼 놀랄 만큼 평편하게 펼쳐진 네브라스카의 풍경은 살아 숨 쉬고 있었다. 열린 창문으로 흘러 들어오는 산들바람에는 익어가는 옥수수의 달콤한 냄새가 실려 있었다. 저토록 생생하게 살아 숨 쉬는 것은 없을 거야, 켄지가 생각했다.

그때, 좌석 뒤쪽에 있는 엔진수납부에서 경고음도 없이 검은 연기가 피어오르기 시작했다.

"시맛다(큰일났다)!" 자동차 배송 담당자에게 오일 게이지가 제대로 작동하지 않으니 오일을 자주 확인하라고 주의를 받았던 기억이 떠올랐다.

이상한 소음이 들렸다. 켄지는 엔진 소리를 주의 깊게 들으려고 급히 라디오를 껐다. 소음이 점점 심해졌고, 마침내 차가 서서히 멈춰 섰다.

켄지는 잠시 동안 기다린 후 시동을 걸어보려고 애썼지만 헛수고였다. '완전히 망가진 게 아니었으면 좋겠는데.' 혼잣말을 하다가 잠시 후, 다시 시동을 걸어 보았다. 아무 소용도 없었다.

켄지는 실망한 채 차 밖으로 나왔다. 그리고 연기가 피어오르는 엔진룸을 열었다. 복구가 불가능할 정도로 고장 난 것이 아니기를 간절히 바라며 계량봉을 뽑아 든 순간 켄지는 놀랐다. 오일탱크가 텅 비어있었다. 이제 그가 세밀하게 세웠던 계획이 엉망진창이 되어버렸다. 후드를 닫으며 화풀이하듯 타이어를 발로 걷어찼다. 고급 스포츠카를 직접 몰고 뉴욕까지 배송하는 아이디어는 처음에는 멋져 보였으나, 결국 재난이 되고 말았다.

켄지는 가장 가까운 마을로 도움을 요청하러 갈 수밖에 없었다. 그는 차에서 작은 더플백을 꺼냈다. 길게 뻗은 하이웨이를 여기저기 살피고 나서, 그는 동쪽으로 가기로 결정했다. 길가에 서서 오른쪽 엄지손가락을 치켜세웠다. 그러나 차들은 멈추지 않았다. 휙휙 지나가 버릴 뿐이었다.

그는 고속도로를 따라 걷기 시작했다. 날씨는 매우 더웠고, 얼굴에 흐르는 땀을 닦아야 했다. 약 한 시간쯤 걸은 뒤에야, 작은 마을에 이르렀다.

그는 '잭스'라는 주유소로 들어갔다. 우선 먼지가 자욱한 자판기로 달려가 7-Up을 뽑아 벌컥벌컥 마셨다. 그런 다음 차를 정비하고 있는 적갈색 머리의 정비사에게 다가가 자신이 처한 상황을 설명했다.

"먼저 차를 끌어와야겠어. 견인비를 지불해야 해."

"트리플-에이가 있어요." 켄지는 옆에 있는 차의 보닛 위에 가방을 올려놓고, 뒷주머니에서 지갑을 꺼내어 멤버십 카드를 보여주었다.

"좋아." 그는 조수로 보이는 젊은 정비사에게 고장 난 포르셰의 위치를 알려주며 차를 견인해 오도록 시켰다.

"이 동네 이름이 뭐예요?" 켄지는 접혀져 있는 큰 미국 지도를 가방에서 꺼내며 물어 보았다.

"그랜드 아일랜드."

켄지는 차의 보닛 위에 지도를 펼쳐 놓았다.

"바로 여기!" 정비사는 기름때가 묻은 검지를 지도 위에 짚으며 말했다. 그 자리에 검은 얼룩이 남았다. "미국 한가운데야!"

"이 동네 지도가 있어요?"

"저기." 정비사가 사무실 유리창을 가리키며 말했다.

켄지는 걸어가서 기름으로 얼룩진 마을지도를 살펴보았다. 그리고 자신이 '현재위치'라고 표시된 곳에 있음을 알아차렸다.

"그런데, 어디서 왔나?"

"로스앤젤레스에서요."

"어디 출신인지 물어본 건데."

"일본이요."

켄지는 깨끗한 쪽이 바깥으로 보이는지 확인하면서 지도를 반듯하게 접어 도로 가방 속에 넣었다.

"배송하는 길에 차가 고장 난 건데 제가 책임져야 하나요?"

"모르겠는데."

"회사로 돌아가면 수리비용을 돌려받을 수 있을까요?"

"잘 모르겠어. 전화해서 알아보는 게 어때?"

"그래야겠어요." 켄지는 다시 주머니에서 지갑을 꺼내면서 전화부스로 걸어갔다. 그리고 계약서를 들여다보면서 전화를 걸었다.

"제 책임이라고 하네요." 잠시 후 그가 실망한 목소리로 정비사에게 말했다.

"그게 인생이지."

02

삼십분 뒤, 포르쉐는 정비소로 견인되었다.

"자동차 한번 끝내주네! 몇 년식이야?"

"74년식이요."

"시동 한번 걸어보자." 짧은 머리의 정비사가 말했다. 엔진은 완전히 망가져 있었다.

정비사는 보닛을 열고 계량봉을 점검했다.

"오일이 전혀 없네!" 그가 어이없다는 듯 말했다.

"네."

"도대체 언제 마지막으로 점검했어?"

"LA에서요."

"이런 말하긴 싫지만 아마 엔진이 다 망가졌을 거야."

켄지는 잠시 숨이 막히는 것을 느꼈다.

"수리비용이 꽤 들겠군요." 그는 손등으로 이마의 땀을 닦으며 말했다.

"얼마나 심각한지 내부를 자세히 들여다보기 전까지는 뭐라 말할
수가 없어."

"고치는 데 얼마나 걸리나요?"

"모든 부품을 구할 수 있다고 해도, 그걸 다 확보하는 것만 적어도
일주일은 걸려. 내일 오후쯤에 전화 줘. 그때 알려줄게."

"알겠어요."

가방을 들고 켄지는 주유소를 나와 마을을 이리저리 거닐기 시작
했다.

'어디에 머물러야 하지? 우선 아버지께 전화해서 돈을 좀 보내달
라고 부탁해 봐야겠다.'

잔디에 물을 주고 있던 중년여자가 걷고 있는 켄지를 돌아보았다.
현관 앞에 앉아 있던 소년들은 이야기를 멈추고 서로를 툭툭 쳤다.
한 번도 동양인을 본 적이 없는 듯 그를 쳐다보았다. 마을을 걷고 있
는 동안 켄지는 불편해지기 시작했고, 고립감까지 느꼈다. '네브라
스카는 캘리포니아와 확실히 다르네.' 켄지는 혼잣말을 했다. 캘리
포니아에서는 아시아인이라고 해도 아무런 주의를 끌지 못했다.

그는 데니스로 들어갔다. 내부는 시원하고 깨끗했다. 테이블에 앉
아있던 사람들 몇 명이 그를 뚫어지게 쳐다보았다. 켄지는 부담스러
운 시선을 느꼈다. 그는 카운터 앞 스툴에 앉았다.

"어서 오세요."

열여덟 살쯤 되어 보이는 매력적인 종업원이 얼음물을 가져오며

말했다. 그녀의 흑갈색 머리는 자연스럽게 빗어 올려 있었고, 일부러 자연스럽게 앞으로 흩어져 내리도록 매만져 있었다.

"아이스티 큰 사이즈로 한 잔이요."

"레몬도 넣을까요?"

"네." 켄지는 걸어가는 종업원의 깔끔하게 드러난 목덜미를 응시했다.

그녀가 아이스티를 가져오면서 물었다. "여기는 처음이시죠?"

이것저것 섞어 만든 한 잔의 음료수를 단숨에 들이키자, 갈증이 가셨다. 그것은 네바다사막에 떨어진 한 방울의 물처럼 그의 몸속으로 사라졌다.

"안식처 같은 마을이네요."

"천사의 가면을 썼을 뿐이에요."

"인구가 얼마나 되죠?"

"길 아래쪽에 있는 베이커리가 인구조사에 좋은 바로미터가 될 거예요. 우리는 빵 없이는 살지 못하니까요. 제가 생각하기에는 대략……"

"세계 인구를 충분히 먹이고도 남겠네요."

"옥수수밭과 목장들이 고층건물보다는 확실히 많죠. 근데 어디서 왔어요?"

켄지는 그녀에게 자신을 소개하고 고장 난 차에 대해서도 말했다.

"참 안됐네요. 어떻게 할 거예요?"

"잘 모르겠어요. 제 여자친구가 미국을 횡단해 보면 이 나라에 대해 더 잘 알게 될 거라고 했어요."

"여자친구는 일본인인가요?"

"아뇨. 미국인이에요. 스웨덴계 미국인이죠."

"이름이 뭐예요?"

"잉가 스빈슨."

"완전히 스웨덴식이네요."

"그래요."

"저는 독일계예요."

"이름이 어떻게 돼요?"

"리사 신더예요." 그녀가 손을 내밀며 말했다.

"제 이름은 켄지 시마다라고 해요. 만나서 반가워요."

"전공이 뭐예요?"

"컴퓨터공학이요. 하지만 저는 엔지니어보다는 화가가 되고 싶어
요."

"그럼 왜 그걸 선택했어요?"

"아버지를 기쁘게 해드리려고요. 제가 엔지니어이기를 바라시거
든요."

"제 남자친구 조지의 아버지와 같으시네요. 조지는 농부가 되고
싶지 않은데 그분은 조지에게 농부가 되라고 하거든요."

"그래요?"

"저와 데이트하는 것마저도 탐탁해하지 않죠. 조지가 시골여자와
결혼하기를 바라요."

"제 아버지와 똑같네요. 아버지도 잉가를 별로 안 좋아해요. 일본인과 결혼하기를 원해요."

"잉가는 무슨 일을 하죠?"

"그 친구도 저와 같은 대학에서 함께 컴퓨터공학을 공부하고 있어요."

"잘 되기를 바랄게요."

"고마워요." 켄지는 시계를 보았다. 일본 시각으로 아침 다섯 시 반이었다. "아버지에게 돈 이야기하는 건 싫지만, 어쩔 수 없이 전화를 걸어야겠어요."

"다른 방법이 없잖아요."

"그렇긴 하죠." 켄지가 일어나며 말했다. "전화는 어디 있어요?"

"저쪽 구석에요." 리사가 가리켰다.

켄지는 국제교환원에게 전화를 걸었다.

통화연결을 기다리는 긴 시간 동안, 그는 리사와 나눴던 대화를 떠올렸다. 일본에서도 낯선 사람과 이처럼 친근하고 자연스러운 대화가 가능할까? 켄지는 리사가 자신에게 관심을 갖고 마음을 열어 진심으로 걱정해 준 것이 고마웠다. 일본에서는 왜 이러한 즐거운 의사소통이 보편적이지 않은 것일까?

마침내 이치로 시마다가 전화를 받았고, 켄지는 통화할 수 있게 되었다.

"아버지, 제가⋯⋯." 켄지는 그의 문제를 설명했다.

"얼마나 필요해?"

"아직 잘 모르겠어요. 내일쯤 알게 될 것 같아요."

"그쪽에 스미토모나 도쿄은행 있어?"

"물어볼게요." 켄지가 리사에게 손짓한 후, 은행이 있는지 물어보았다.

"아니, 없어요." 리사가 대답했다. "근처에는 퍼스트 내셔널뱅크 오브 오마하와 퍼스트내셔널 오브 커니가 있어요."

켄지가 아버지에게 말했다. "여기는 그런 은행 지점은 없는 것 같아요."

이치로는 저렴한 숙박업소를 잡고 나서 송금할 수 있는 쉽고 빠른 방법을 알려달라고 그의 아들에게 말했다.

"학교 공부는 어떻게 되어 가?"

"잘하고 있어요. 최근에 학교 잡지에 단편도 게재했어요."

"잘했다."

"잉가가 편집을 도와줬어요." '이런 말은 하지 말아야 해' 켄지는 아버지가 외국인과 사귀는 것을 좋아하지 않는다는 사실을 떠올리면서 속으로 중얼거렸다.

"너 아직 그 애와 츠키아테 이루(사귀고 있냐)?" 이치로가 물었다.

"네." 켄지의 대답에 아버지가 화를 냈다.

"잘 생각해봐! 만약 너 그 애랑 결혼하면 어떡해? 같은 가치관…… 오래 못가. 기억해둬. 어디에 있든…… 너의 피는…… 속…… 리."

"아버지, 저는 인종보다 인격이 더 중요하다고 생각해요."

"너는 모든 것을 포기하······."

"잉가는 지혜로워요. 아버지도 만나보시면 마음에 드실 거에요."

"말도 안 돼! 만나보고 싶지 않다. 학교에서 공부 다 마치면 바로 집으로 돌아와, 혼자! 이제 더 이상 듣기 싫다. 그 미국인······ 그 똑똑한 여자!"

"아버지하고 말이 안 통하네요."

"생각을 바꾸지 않으면, 난 돈 보낼 생각 없다. 그리고 더 이상 등록금도 기대하지 마!" 이치로가 전화를 끊었다.

켄지는 수화기를 바라보다가 힘없이 내려놓았다. 그는 몹시 실망했고, 갑자기 침울해졌다. 아버지가 잉가 때문에 의절하겠다고 했기 때문이다. 켄지는 여기 네브라스카의 작은 마을에 갇힌 채 얼마나 머물러야 할지 알 수 없었다. 포르셰를 고치기 위한 돈은 어디서 마련하고 또 뉴욕까지는 어떻게 가야만 하나?

그는 어떻게 해야 할지 알 수 없었다. 그에게 잉가와 가족은 똑같이 소중했다. 요지부동의 아버지를 설득할만한 타협안을 전혀 지니지 못한 자신이 싫었다. 그는 두 가지 극단적인 선택 중 하나를 할 수 있을 뿐이었다. 하나는 일본으로 돌아가는 것. 아버지와 형처럼 직장에 다니면서 오직 짧은 휴가를 꿈꾸며 거의 매일 밤늦게까지 일하는 생활이었다. 다른 하나는 아버지가 이해하지 못하는 자유라는 것을 맛보기 위해, 잉가와 함께 스스로 인생을 만들어 가는 것이었다. 그 문제에 대해 생각하면 할수록 그는 어긋나는 두 가지 감정으로 인해 더욱 고통을 느꼈다.

아버지와 짧은 대화를 나누면서 켄지는 자신도 모르게 언성을 높였을 것이다. 카운터로 돌아가자 리사가 다가와 말을 건넸다. "표정을 보니 언짢은 일이 있었나본데, 나쁜 소식이라도 들은 거예요?"

켄지는 대답하기 전에 잠시 머뭇거렸다.

"모든 상황을 고려할 때⋯⋯." 그가 입을 열었다. "아마도 잠시 머물 새 보금자리를 찾아야할 것 같아요. 네브라스카에⋯⋯."

"왜 그렇게 된 거예요?"

켄지는 자신이 처한 현실적 상황에 대해 설명할 수밖에 없었다.

리사가 환호했다. "호오, 당신에게는 안타까운 일이지만 우리에게는 기쁜 소식이네요!"

"이해해줘요. 저는 호의호식하며 놀러온 게 아니에요. 무일푼이에요. 차가 수리될 동안 여기서 생활하려면 무슨 일이든 구해야 해요. 말할 필요도 없이 일이 잘 안 풀리면 수리비도 내기 어려울 거고."

"어쩌면 농장에서 일할 수 있을 거예요."

"가능할까요?"

"여기는 곡창지대예요. 그리고 지금 옥수수가 자라는 철이라 농부들은 일손이 몹시 딸려요."

"하지만 전 경험이 전혀 없는데요."

"그러고 보니 몸이 비쩍 말랐네요. 농촌에서 자랐으면 몸이 더 건장했을 텐데."

"오, 농장에서 일할 생각은 전혀 못했어요."

"하고 싶으면 제 남자친구 조지에게 전화로 물어볼게요."

"부탁해요."

그녀는 전화기가 있는 곳으로 갔다. 그 순간, 켄지는 적어도 머무를 곳과 일할 곳이 있을 수도 있다는 생각에 마음을 놓았다.

리사가 환하게 미소 지으며 돌아와서 말했다. "30분 후에 이곳으로 데리러 올 거예요."

"잘됐네요." 켄지가 기뻐하며 대답했다. "조지의 아버지는 무슨 농사를 지으시나요?"

"낙농업도 하고, 옥수수도 재배해요."

"아, 그래요?"

"조지의 아버지는 모든 달걀을 한 바구니에 담으려고 하지 않아요."

"무슨 뜻이에요?"

"지난여름 우박이 내려 옥수수밭이 다 망가졌어요. 3년 내리 그랬어요. 상상이 돼요? 3년 연달아!"

"우박이요? 하늘에서 떨어지는 다이아몬드 같은 작은 얼음덩어리요?"

"골프공 크기만 해요. 가끔 야구공만큼 클 때도 있어요."

"미국은 뭐든지 다 크네요. 야구공도 일본 야구공보다는 클 것 같아요." 켄지는 우울한 마음을 잠시 잊고 농담을 던졌다.

"우박이 떨어지면 단 몇 분 만에 옥수수 줄기들이 산산조각 나요. 밭에는 아무것도 남지 않죠. 소들까지도 목숨을 잃을 수 있어요."

"이곳에 우박이 자주 내리나요?" 켄지가 호기심에 물어보았다.

"말도 마세요. 하늘도 무심하지 싶을 정도예요. 제 차도 우박 때문에 움푹 팬 자국투성이에요."

다른 손님이 불러서 리사는 주문을 받으러 갔다.

켄지는 불운을 겪은 이후 처음으로 잠시 긴장을 풀었고, 생각에 잠긴 채 깊은 한숨을 내쉬었다. 고장나버린 포르셰나, 그런 줄 이미 알고 있던 아버지의 보수적 사고방식이나, 만나면 안 된다는 잉가에 대한 그리움마저 이 순간에는 머릿속에 없었다. 그는 지금 자기가 속해 있는 신비하게 광활한 이 지역과 네브라스카라고 불리는 곳의 과장되게 텅 빈 황량함에 대해 생각했다. 일본에서는 직접 눈으로 보거나 감각으로 느낄 수 있는 평원에 가 본 적이 없었다.

어디에서나 옥수수가 자라고 있기에 정말 황량하다고는 할 수 없다고 켄지는 생각했다. 다만 사람들이 텅 빈 황량함에 대해 갖는 기본적인 관념과 비슷했다. 낮은 언덕이나 숲이 없고, 울타리도 쳐져 있지 않았으며, 어떤 경계도 없었기 때문이다. 이곳은(그가 미처 다 보지는 못했지만) 모든 광활함과 자유를 상징하는, 참으로, 농작물로 물결치는 바다였다.

켄지는 눈을 감고 경이로움이 자신의 불안한 마음을 차지하도록 허락했다.

03

오후에 잘 생긴 청년 하나가 레스토랑으로 들어왔다. 그는 양쪽 챙이 위로 바짝 말린 카우보이모자를 쓰고 있었고, 흙 묻은 흰 티셔츠와 물 빠진 청바지를 입고 있었다. 잘 그을린 피부와 푸른 눈, 그리고 긴 금발이었다.

"안녕? 리사."

"안녕? 조지."

그는 리사의 뺨에 키스했다.

"켄지를 소개할게."

"반가워." 조지가 크고 거친 손으로 악수를 청했다.

"리사에게 들었는데, 일할 사람이 필요하다면서?"

"물론. 우리는 항상 일손이 부족해." 조지가 켄지 옆에 앉았다.

"잘됐네."

"근데 우리 아버지는 사람을 노예 부리듯 해. 힘든 일이라도 괜찮아?"

"괜찮아."

"얼마나 머물 생각인데?"

"확실하지 않아. 차 수리비를 얼마나 빨리 모으느냐에 달렸지."

"그렇겠네."

"모든 것이 확실하지 않아."

"걱정하지 마. 모두 잘 풀릴 거야. 점심은 먹었어?"

"응."

"리사!" 조지가 불렀다. "프렌치프라이 좀 줘." 그가 켄지를 돌아보며 물었다. "뭐 간단한 거 하나 시킬래?"

"아이스크림, 바닐라로……."

"아이스크림, 바닐라!" 조지가 외쳤다.

기다리는 동안, 켄지가 조지에게 말했다. "리사 말로는 네가 농장일을 싫어한다고 하던데?"

"더 좋은 뭔가를 찾게 되면, 여기에 있을 리가 없겠지."

"꿈이 뭐야?"

"농부만 아니라면 뭐든지 괜찮아."

주문한 것들이 나왔다.

"로스앤젤레스는 정말 크지. 안 그래?" 조지가 프렌치프라이를 삼키며 물었다.

"옥수수밭처럼 평편하게 펼쳐져 있어."

"엄청 재미있는 곳일 거 같아."

"물론. 그곳을 잘 알게 될 때까지는."

"언젠가는 한번 가보겠어."

"누가 그 바람을 막을 수 있겠어?"

자리에서 일어나면서, 켄지가 돈을 내려고 하자 조지가 만류했다.

그들은 레스토랑을 나와 조지의 번쩍거리는 파란색 '1969쉐비'에 탔다. 라디오에서 헤비메탈 음악이 요란하게 흘러나오는 동안, 조지는 옥수수밭을 가로지르는 하이웨이를 빠르게 달려갔다.

"리사 어때?" 그가 물었다.

"예쁘던데."

"리사는 이번 달에 GI에서 주최하는 옥수수미인대회에 나갈 준비를 하고 있어."

"GI?"

"그랜드 아일랜드."

"오."

두 사람은 여자친구에 대해 그리고 그들 아버지와의 갈등에 대해서 말했다.

"잉가는 그 문제에 대해 어떻게 생각해?"

"잉가는 우리가 졸업하면 결혼하고 싶어 해."

"켄지, 우리는 아버지들에 관해 같은 고민을 갖고 있네."

"문화는 달라도 같은 세대의 사람들이니까."

"잉가 부모님과는 어때? 잘 지내고 있어?"

"처음에는 힘들었지만, 그래도 요새는…… 이해하시기 시작했어."

"잘됐네. 학교를 마치면 일본으로 돌아갈 거야?"

"두 가지 선택이 있어. 아니면 잉가와 헤어지거나……."

"어려운 선택이네."

"알아. 하지만 결정해야 돼."

조지는 하이웨이에서 오른쪽으로 빠져 나와 시골길로 차를 몰았다. 요란한 록음악 속에서 차는 구름 같은 먼지를 일으키며 달렸다. 켄지는 심장이 빠르게 요동치는 것을 느꼈다. 철조망 뒤로는 푸르른 목초지에서 점박이 소들이 무리 지어 풀을 뜯어 먹고 있는 게 보였다.

"소는 몇 마리나 되는 거야?"

"소는 백이십 마리, 송아지는 마흔 두 마리야."

차는 여러 미국 국기 스티커로 뒤덮인 회색 우체통이 외따로 서 있는 곳에서 왼쪽으로 돌아, 커다란 이층집으로 이어진 진입로로 들어갔다. 흰색 칠이 되어 있는 집에는 널로 된 초록지붕과 빨간 굴뚝이 있었다. 농장 건물들과 많은 나무들이 집을 둘러싸고 있었다. 집 뒤에는 사일로(*역주: 큰 탑 모양의 곡식 저장소)가 푸른 하늘을 향해 미사일처럼 우뚝 서 있었다. 오른쪽에는 옥수수밭이 마치 끝나지 않을 것처럼 펼쳐져 있었다.

켄지가 차에서 내리자, 요란한 모터소리가 점점 가까워졌다. 흙이 잔뜩 묻은 녹색의 존디어 트랙터가 단호하게 다가왔다. 트랙터는 엔진 바로 위에 수직으로 서 있는 녹슨 배기구로 검푸른 연기를 뿜어내고 있었다. 농부는 몸집이 거대했다. 색 바랜 빨간색 야구 모자를 한쪽으로 기울여 쓰고, 흙으로 더러워진 흰색 티셔츠와 청바지를 입고 있었다. 초록색 모자를 쓴 것만 빼고 거의 같은 옷차림을 한 소년이 오른쪽 펜더에 앉아 있었다. 그의 모자도 햇볕에 색이 바래 있었다.

조지 아버지인 농부는 트랙터 꼭대기에서 강렬한 눈빛으로 켄지를 노려보면서, 차 옆으로 트랙터를 세웠다. 귀를 먹먹하게 하던 폭음이 그쳤다.

"차가 고장 났다는 애가 너야?"

헨리가 낮고 묵직한 소리로 물었다.

"네, 저예요."

"얼마 동안 일할 수 있지?"

"이삼 주 정도요. 더 할 수도 있어요."

"농장일이 꽤 힘들 텐데, 할 수 있겠나?"

"최선을 다해 볼게요."

"우리 일을 감당할 만큼 강해보이지 않는데……."

"제발요, 아버지……." 조지가 말했다. "우리들은 일손이 딸리잖아요. 누구라도 도움이 될 거에요."

"이 녀석, 넌 가만히 있어." 헨리가 아들을 노려보았다. "앞으로 남은 일이 산더미니 그 도시 계집애랑 영원히 헤어질 각오나 해!"

"아버지," 여전히 트랙터에 앉아 있는 소년이 말했다. "아버지를 언짢게 해드리고 싶지 않지만, 조지가 옳아요. 마이크가 떠난 후 계속 일손이 모자랐잖아요. 한번 생각해 보세요."

헨리는 조지보다 작은아들의 말에 더 귀 기울이는 듯했다.

"내가 너를 고용한다고 치자. 네가 제대로 일을 하지 않는다고 판단되면 한 푼도 주지 않고 해고할 수 있는 권한이 내게 있어. 그래도 괜찮은가?"

"좋아요." 켄지가 말했다. 그는 미소를 지었다.

헨리가 어린 소년을 보며 말했다. "이 말을 기억해 둬, 아들."

"그래." 조지가 거들었다. "잘 새겨두라고, 꼬맹이. 안 그러면 넌 결국 바보 같은 농부로 끝나고 말 테니……."

"형은 입 다물어." 어린 소년이 말했다. "형은 말이 많은 게 문제야."

"급여는 얼마 정도 생각하고 있나?"

"일주일에 150달러 정도 생각하고 있어요." 켄지는 당돌하게 대답했다.

헨리의 눈이 휘둥그레졌고 숨을 죽였다. 마침내 그가 대답했다. "네가 뜨거운 태양 때문에 실성했구나?"

"설마요."

"숙식 다 해서 일주일에 50달러는 어떠냐?"

"그건 최저임금도 안 되잖아요."

"이곳 주인인 나도 최저임금은 꿈도 못 꾼다."

켄지가 잠시 주저하다가 대답했다. "일주일에 하루 쉬고 100달러는 어떤가요?"

농부는 그를 조소하며 웃었다. "여기는 목장이야. 젖소들도 하루 쉽게 할 셈이야?"

"전 제가 태어난 곳에서 멀리 떨어져 있다는 건 알아요."

"일주일에 70달러 어때?"

"좋아요."

켄지가 동의했다.

헨리는 어린 소년과 함께 트랙터에서 내린 후 악수를 청했다. "내 이름은 '헨리 해리스'다. '헨리'라고 부르도록. 자네 이름은 뭐지?"

"켄지, 켄지 시마다예요." 켄지는 굳은살이 단단히 박인 헨리의 커다란 손을 잡고 흔들었다. 잔잔한 바다 같은 옥수수밭이 켄지의 요동치던 마음을 가라앉혔다. 그러나 그는 아버지와의 통화 중에 있었던 언쟁 때문에 여전히 스스로에게 화가 났고, 차를 배달하기로 했던 계획이 어긋난 것에 대해 실망하고 있었다.

"여기는 내 아들 '존'이야."

켄지는 존에게 악수를 청했다. 존의 손은 헨리의 축소판이었다. 존의 손가락 끝이 무쇠같이 단단했다.

소개가 끝난 후, 헨리가 말했다. "켄지, 한 가지만 부탁하겠다." 그들은 함께 서늘한 미루나무 그늘에 서 있었다. "내 아들 조지는 멋대로 구는 녀석이야. 조지에게 캘리포니아에 대해서는 아무 이야기도 하지 않겠다는 것을 약속해줘. 그 어떤 것이라도. 난 녀석이 어딘가로 달아나는 걸 원치 않아."

"네, 그렇게 할게요." 켄지가 끄덕였다.

"녀석은 결국 내 생각에 따르게 되겠지만, 시간이 좀 걸릴 거야.

알겠나?"

"이해해요."

두 소년이 현관 앞 계단에 앉아 있었고, 헨리와 켄지가 그들에게 다가갔다. 켄지를 제외한 모두가 흙투성이의 낡은 가죽 부츠를 신고 있었다.

"성사됐어요?" 존이 흥분하며 물어보았다.

"그럼." 헨리가 말했다.

그때 호리호리한 여자의 모습이 현관 스크린 도어 뒤에 비쳤다. 존이 뒤를 돌아보고 손짓했다. "엄마, 나와 보세요. 새로 일하러 온 사람을 만나보세요."

그녀는 현관 앞 계단으로 나왔다. 적갈색 머리카락은 짙게 그을린 붉은 뺨과 거의 같은 색깔이었다.

"안녕?" 그녀는 켄지와 악수하기 전에 손을 앞치마로 닦으며 말했다. "내 이름은 '메리'야. 헨리의 아내란다. 네 이름이 뭐니?"

켄지는 자기를 소개했다.

"흥미로운 이름이네! 무슨 뜻이야?"

"켄지의 '켄'은 건강이고, '지'는 둘이에요. 제 성의 '시마'는 섬이고, '다'는 논이에요."

"그래서 그랜드 아일랜드 근처에 있는 이 농장으로 오게 된 건가?"

"그것도 말이 되네요."

"켄지, 여기서 지내는 동안 살이 좀 쪄야겠구나."

"손수 지으신 집밥을 기대할게요." 켄지가 말했다.

"여보, 켄지가 짐을 풀게 한 다음 헛간으로 보내주겠소?" 헨리가 두 소년과 함께 헛간으로 가면서 말했다.

메리는 켄지를 집으로 데리고 들어갔다. 거실 입구에 깔려있는 딱딱한 플라스틱 발판을 밟는 순간, 켄지는 새것처럼 반짝이는 모든 것을 보며 경탄했다. 발에 밟히는 하얗고 부들부들한 카펫은 마치 푹신하고 부드러운 베개 같았다. 속이 두툼하게 채워진 가구들은 따뜻한 느낌을 주었다. 왼편 안쪽 구석으로 부엌이 얼핏 보였고, 오른편에는 돌로 된 벽난로가 있었다. 벽난로 선반 가운데에 오래된 범선 모형이 놓여 있었고 그 주위로 열 개 정도의 사진들이 진열되어 있었다. 벽난로 양쪽에 있는 작은 테이블 위에도 많은 사진들이 장식되어 있었다.

켄지는 사각모와 가운을 입은 고등학교 졸업사진 속의 조지를 알아보았다. 같은 의상을 입었는데 헨리와 비슷하게 생긴 또 다른 젊은이의 사진도 보였다. 테이블 위에는 리사와 함께 포즈를 취하고 있는 조지 사진이 있었다. 조지는 보라색 턱시도를 입고 있었고, 리사도 보라색 꽃 장식 코르사주를 손목에 차고 있었다. 다른 테이블 위에는 헨리를 닮은 젊은 청년의 사진이 보였다. 청년 옆에는 키가 작고 머리가 긴 아시아인 여자가 작은 아기를 안고 서 있었다. 켄지는 벽난로 주위를 가득 채운 사진들을 보고 감탄했다. 그가 이미 만나 본 조지의 가족들 사진을 제외한 많은 사진들은 마치 종교적 장식물들처럼 보였다.

위층으로 올라가면서 그녀가 말했다. "켄지, 일본 어디서 왔니?"

"도쿄에서요."

"그곳은 대도시지?"

"인구에 비하면 작은 도시예요."

"그럴 수도 있겠구나."

메리는 여러 문들 가운데 하나를 열었다. 어둑어둑한 복도에 마치 죽은 영혼들을 소생시키듯, 갑자기 가느다란 태양 빛이 흘러들어왔다.

침실로 들어서자, 오른쪽 벽에 기품 있게 걸려있는 사슴뿔이 켄지의 눈을 사로잡았다. 그 아래에는 총구가 하나인 세 개의 소총이 받침대 위에 놓여 있었다. 벽은 밝고 부드러운 하늘색을 띄고 있었으며, 어두운색 나무패널로 굽도리가 둘러져 있었다.

"여기가 네가 머무를 방이란다."

"좋네요." 켄지는 윤이 나는 나무 바닥 위에 가방을 내려놓으며 말했다.

"원래 큰아들 마이크의 방이야. 마이크가 떠난 뒤로 네가 처음 묵는 손님이지."

그녀는 램프가 놓인 협탁 위에 있는 황금색 테두리 액자 안에 든 컬러로 된 초상화를 손으로 집어 들었다.

"지금 해군에서 복무 중이지." 그녀는 자랑스럽게 말했다. "마이크란다."

켄지는 하얀색 해군제복을 입은 채 미소 짓고 있는 마이크의 사진을 보고, 좀 전에 사진 속에서 보았던 인물이라는 것을 알아차렸다. 그는 헨리와 놀라울 정도로 닮아 있었다. "몇 살이죠?"

"스물두 살이야."

"저보다 두 살 위네요. 눈이 아주머니와 많이 닮았어요." 마이크의 눈은 메리처럼 은회색이었다. "그런데 얼굴형은 헨리 아저씨를 꼭 닮았군요."

"그러니?" 그녀는 켄지가 돌려주는 사진을 받아서 제자리에 놓았다. "아무도 마이크에 대해 그런 말을 한 적이 없었는데, 넌 관찰력이 뛰어나구나. 너를 보니 마이크 생각이 나."

켄지는 그녀가 쓸쓸해하는 것을 느꼈다. 그녀의 눈빛에 자식을 향한 어머니의 사랑이 드러났다. 켄지는 위로의 말을 건네고 싶었지만 어떻게 해야 할지 알 수 없었다.

"그 애가 많이 그립단다. 그래도 네가 있으니 좋구나."

"언젠가 마이크를 만나보고 싶어요."

"곧 돌아올 거야."

"이번 여름에요?"

"아니. 이번 가을에 올 거야. 사냥철을 절대 놓치지 않거든."

"저는 사냥해 본 적이 없어요. 동물 죽이는 것을 좋아하지 않아요."

"나도 그래." 마이크의 어머니가 말했다.

"저 소총들은 마이크 거예요?" 소총들을 가리키며 켄지가 물었다.

"그래." 그녀가 말했다. "마이크가 열두 살이 됐을 때 헨리가 선물로 줬어.”

“왜 그렇게 어린나이에 줬어요?”

“농촌에서는 아이들 대부분이 총을 갖는단다.”

“일본에서는 총을 가진 사람들을 찾기 힘들어요. 불법이거든요.
아이들에게 총을 주면 걱정되지 않으세요?”

“전혀. 아이들이 충분히 책임지도록 가르치니까.”

“그렇군요.”

“일본에 계신 부모님은 무슨 일을 하시니?”

“아버지는 건축가세요. 큰 회사에서 일하시죠. 어머니는 가정주부
시고요.”

“여자친구는 있니?”

“네. 캘리포니아에 있는데요, 부모님은 반대하세요. 일본여자와 결
혼해야만 한다고 생각하시거든요.”

“우리와 비슷하구나. 사람이 한곳에 오랫동안 살게 되면, 전통을
따르기 마련이지.”

“제 아버지는 한 번도 일본을 나가 보신 적이 없어요. 그렇지만 저
희 삼촌은 해외여행을 많이 하셔서 생각하시는 게 달라요. 주로 아
시아에 다니셨죠. 마이크는 해군이니까 여행을 많이 하겠네요?”

“응. 그렇단다.”

“해군생활을 좋아하나요?”

“매우 좋아하지. 그 애는 배를 좋아해. 바다랑 배에 푹 빠져있어.”
그녀가 웃으며 말했다.

"마이크는 나무로 배 모형을 많이 만들었지. 저 모형도 직접 만든 거야."

그녀는 책상 위에 밝은 색으로 칠해진 배를 가리켰다. "모두 손으로 만든 거지."

켄지는 감격했다. 그는 세 개의 돛대에 매달린 돛 열여덟 장과 배양끝에 달려있는 작은 삼각형의 돛을 헤아려 보았다. 가운데 돛대 꼭대기에는 철판으로 된 작은 깃발이 꽂혀 있었다. 그는 천으로 된 돛과 끈으로 만든 로프를 바느질하고, 목재를 세밀하게 깎아내는 데 마이크가 많은 인내의 시간을 들였을 것이라고 상상했다.

"손재주가 보통이 아니네요."

"일이 한가한 겨울이면 모형을 만드는 데 많은 시간을 보냈지."

켄지는 미소를 지었다. "그가 지금 어디에 있는지 아세요?"

"태평양 어딘가에 있을 거야. '키티 호크' 항공모함에서 복무중이야. 작은 섬처럼 보인다고 하더라."

"그랜드 아일랜드 같지는 않겠죠?" 켄지가 우스갯소리로 말했다.

"맞아. 항공모함에는 농장이 없잖아. 쇠붙이 섬인 거지." 메리가 맞장구쳤다.

"마이크는 농장일 좋아하나요?"

"싫어해. 그렇지만 앞으로 농장일을 안 한다고 하면 헨리가 가만 안 놔둘 거야."

"아저씨는 농장일밖에 모른다고 들었어요."

"그는 자식들 모두가 농장일을 하기를 원해. 헨리는 원하는 것은 꼭 하고야 말지. 황소고집이 따로 없어." 그녀가 웃었다. "그리고 둘째 조지도 헨리처럼 고집이 세단다. 조지는 이곳에 오래 머물 것 같지는 않아. 헨리는 조지가 농촌아가씨와 결혼하기를 원해."

"그러면 마이크와 존은 나중에 아버지의 뜻을 이어받을까요?"

"그렇다고 봐. 마이크는 나중에 돌아와서 정착할 거야. 넌 형제자매가 어떻게 되니?"

"형이 한 명 있어요. 전기회사에서 일하고 있어요."

"형도 여행을 좋아하니?"

"아니요. 형은 그럴 만한 여유가 전혀 없어요. 형은 일벌레예요."

"헨리와 비슷한 것 같구나. 켄지, 빨랫감이 있으면 내어 놓으렴. 내일 아침에 빨래를 할 테니."

"네. 고맙습니다. 제가 일본으로 수신자부담전화를 걸어도 되나요?"

"물론이지. 그렇게 하렴."

메리가 나간 뒤, 켄지는 책상에 앉아서 지갑을 꺼냈다. 계약서를 다시 보려고 했던 건데, 대신 상냥하게 미소 짓고 있는 잉가의 사진을 꺼냈다. 그는 그녀의 담청색 눈을 응시했다. 그녀가 매우 보고 싶었다. 밝은 금빛의 부드러운 단발머리를 쓰다듬고 잡아당기던 일이 그리웠다. 그녀의 부드럽고 도톰한 입술을 기억했다. 켄지는 그녀의 얼굴을 애정어린 눈빛으로 바라보았다. 지금까지 알았던 어떤 여자와도 그녀가 매우 다르다는 것을 떠올리면서 뿌듯해 했다. 그러나 두 가지의 극단적인 결정 가운데 하나를 선택해야 한다는 사실을 다시 상기하고, 그는 책상에 사진을 내려놓고 두 손에 얼굴을 파묻었다.

켄지는 아래층 거실로 내려가 일본으로 전화를 했다.

어머니 쿠미코가 전화를 받았다.

"켄지, 아버지는 네가 공부를 마치면 일본으로 돌아왔으면 하신다. 네가 그 미국여자와 교제하는 걸 원치 않으셔."

"제가 전화 드린 건 안부를 전해드리려고 한 거예요. 농장에서 일하면서 주인집 가족과 함께 지내게 됐어요."

"안전한 거 확실하니?"

"매우 좋은 분들인 것 같아요."

"신요 시차 이케나이(믿으면 안 돼). 호텔에 머무는 게 좋지 않겠니?"

"저는 일하고 있으니 걱정하지 마세요. 그동안 미국에서 살아왔고……."

"사람들이 총에 맞았다는 뉴스를 들었……."

켄지는 마이크 방에 있던 소총이 생각났다. 잠시나마 긴장되었지만 어머니에게 신파이쇼(걱정하는 습관)가 있다는 생각이 떠올랐다.

"약속할게요, 어머니. 낌새가 이상하면 바로 떠날게요."

"아버지는 오늘 10시가 넘으면 집에 들어 오실 거야. 가능하면 바로 전화하도록 해. 내가 네 아버지를 설득해서 돈을 보내……." 어머니는 목이 메어 금방이라도 울음을 터뜨릴 것 같은 목소리였다. "금

방 연락해주지 않으면 내가 마음을 놓을 수 없어."

켄지는 어머니의 말에 눈물을 삼켰다. 어머니를 기쁘게 하지 못해서인지 순간적으로 고향이 그리워진 건지 알 수 없었다. 목이 멘 채로 말했다. "곧 연락드릴게요. 그리고 조심할게요." 그는 수화기를 내려놓았다.

가문의 전통을 깨뜨린다는 생각에 마음이 괴로웠다. 거실 문을 나오면서 켄지는 그런 생각들을 몰아내려고 애썼다. 그는 문을 나선 뒤 문이 잘 닫혔는지 손잡이를 확인했다. 그리고 문에 잠금장치가 없다는 것을 알아차렸다.

04

늦은 오후였다. 젖소들이 두 번째 착유를 위해 크고 하얀 헛간 주위에 이미 모여 있었다. 켄지는 햇빛에 눈부실 정도로 희게 빛나는 헛간 벽에 비스듬히 붙어있는 우유저장고로 들어갔다. 마당 건너편에 부엌문이 마주 보였다. 우유저장고는 매우 깨끗했고, 커다란 창문을 통해 흘러 들어오는 태양빛으로 환했다. 창밖으로 젖소들을 가둬놓은 울타리가 보였다. 흠 하나 없이 윤이 나는 스테인리스 우유탱크가 한 가운데 놓여 있었다. 그 위에 비친 켄지의 상은 볼록거울 앞에 서 있는 듯한 모습이었다.

"안녕, 존." 우유탱크 뒤에서 걸어 나온 어린 소년에게 켄지가 말했다.

"켄지, 일본에도 젖소 있어?"

"응. 특히 홋카이도에 꽤 많아."

"어떤 곳인데?"

켄지는 옥수수와 감자의 산지로 잘 알려진 섬에 대해 설명해주었다.

"존, 너 정말 농부가 되고 싶은 거야?"

"당연하지. 나는 농장을 좋아해. 트랙터 탈 때는 기분이 좋아."

"농장일이 고되진 않아?"

"그래도……." 존은 문어처럼 생긴 장비들이 많이 걸려 있는 곳으로 걸어가며 말했다. "해볼 만한 일이야."

"그렇구나."

"켄지, 이건 착유기인데, 젖 짜는 외양간으로 가져가야 해." 그는 착유기를 양손에 하나씩 들었다. "너도 들고 따라와."

"좋아." 켄지는 한 번도 본 적이 없는 기이하게 생긴 장비를 집어 들고 존을 따라 헛간으로 들어갔다. 지푸라기와 거름 냄새가 코를 찔렀다. 수많은 파리들이 주위에서 윙윙거리는 소리를 들으면서 그는 어둠에 적응하기 위해 잠시 눈을 감았다.

착유기를 외양간 두 칸마다 하나씩 준비해 놓은 뒤 존이 말했다. "켄지. 네가 할 일은 저 문으로 젖소를 들여보내서……." 그는 저쪽 구석에 열려 있는 나무칸막이를 가리켰다. "여기로 데려오는 거야." 그러면서 마른 지푸라기로 덮여 있는 흙바닥을 가리켰다. "젖 짜는 게 끝나고, 소가 외양간에서 나가면……." 그는 손짓했다. "다른 소를 들여보내면 돼."

"알겠어."

"그렇게 어려운 일은 아니야. 오히려 소들이 너를 도와줄 거야."

켄지는 존을 따라 무거운 칸막이 문을 통해 뒤쪽 헛간으로 머뭇거리며 들어갔다. 그는 건초와 함께 섞인 시큼한 거름냄새를 견딜 수 없었다.

"존!" 켄지가 외쳤다.

소년이 뒤를 돌아 봤다.

"이거 어떻게 하지?" 켄지가 거름더미에 깊이 빠져버린 자신의 값비싼 도마뱀 가죽 부츠를 가리키며 말했다.

"걱정 마. 마르면 간단히 털어낼 수 있어. 하지만 미끄러지지 않게 조심해." 존이 말했다. 그때 시끄러운 음악소리가 고요함을 깨뜨렸다.

"무슨 소리야?"

"오, 로큰롤 채널이야."

존이 불길할 정도로 요란한 소리를 내는 큰 미닫이문을 여는 동안 켄지는 미끄러지지 않으려 조심하면서 걸었다.

맑은 하늘 아래, 무엇인가를 기대하듯 젖소들이 앞 다투어 모여들었다. 그들은 온순한 표정으로 느긋하게 되새김질하고 있었다. 입가에는 미지근한 맥주잔의 흰 거품 같은 게 묻어있었다. 어떤 소는 다른 소의 등뼈 위에 머리를 걸쳐 놓고 있었다. 빽빽이 몰려든 한 무리의 소들 뒤로, 다른 소들이 침착하게 우유 짜는 차례가 되기를 기다리고 있었다. 파리를 쫓아내기 위해 꼬리를 힘차게 흔들면서. 울타리 가장자리에 서 있는 큰 미루나무 그림자 아래 또 다른 몇몇 소들이 눈에 띄었다. 그 소들은 매우 느긋하고 참을성 있게 보였다.

켄지는 소들이 들어오기를 주저하고 있음을 알아차렸다. 그들은 낯선 사람을 보았고, 뒤로 물러나려고 했다. 그러나 뒤에도 다른 소들이 꽉 들어차 있어서 움직일 수 없었다.

"어서 들어와!" 존이 소리쳤지만, 요란한 록음악에 그의 외침이 묻혀 버렸다. 소들은 여전히 망설이고 있었다.

"켄지, 내 뒤에 숨는 게 좋겠어." 존이 열려있는 문을 잡고 말했다. "소들은 낯선 사람을 보면 불안해 해."

켄지는 조용히 존의 뒤로 가서 섰다.

존이 소들에게 어서 들어오라고 재촉하자, 마침내 소들이 매우 천천히 조심스럽게 뒤쪽 헛간으로 들어왔다. 그리고 열려 있는 칸막이 문에서 방향을 틀어 젖 짜는 외양간으로 사라졌다. 소들은 어떻게 해야 하는지 잘 아는 것 같았다.

"이제, 내가 문을 닫을 거야. 너는 다음 소떼를 이쪽 헛간에 채워." 여덟 번째 소가 들어와서 외양간으로 사라진 후에 존이 칸막이 문으로 걸어가며 말했다.

"알겠어."

존은 칸막이 문을 닫았다.

뒤쪽 헛간에서 아홉 번째 소가 자기 차례임을 알고 있는 듯 멈춰서서 기다리고 있었다. 켄지는 더 많은 소들을 뒤쪽 헛간으로 들어오게 하기 위해 여닫이 문 뒤에 몸을 숨겼지만 소들은 여전히 들어오기를 주저했다. "들어와." 켄지가 소들을 불러들였다.

뒤쪽 헛간이 소들로 가득 찼을 때, 켄지는 묵직한 여닫이문을 닫았다. 그는 점박이 소들 사이를 가로지르며 닫힌 칸막이 문을 향해 조심스럽게 걷다가, 소 한 마리의 몸통을 손으로 살짝 건드렸다. 온기가 느껴졌다.

젖 짜는 외양간으로 되돌아와서, 켄지는 존이 소의 젖에 착유기를 끼워 넣는 것을 지켜보았다. 조지는 존을 돕고 있었다. 착유기는 소의 배 밑에 보이는 휘어진 쇠막대기에 걸려 있었다. 쇠막대기와 연결되어 있는 두꺼운 가죽 끈이 소의 몸을 감싸서 고정시켜 주었다.

존도 재빨리 조지에게 가서 소젖에 나머지 착유기 끼우는 것을 도와주었다.

조지와 존과 소들은 각자 해야 할 일을 완벽히 아는 것처럼 보였다. 그들 사이에 흐르는 침묵은 서로간의 존중과 협력을 상징하는 것 같았다.

소들은 이 모든 과정에 대해 매우 무심한 듯했다. 외양간에서 그들은 평온해 보였다. 나무 여물통에 머리를 묻은 채, 꼬리를 느릿느릿하게 앞뒤로 흔들었다. 소들은 젖을 주었고 착유기는 그것을 거둬들였다.

그러던 중 켄지는 소들의 뒷다리가 쇠사슬로 묶여 있음을 알아차렸다.

"왜 소 뒷다리를 쇠사슬로 고정시켜야 되는 거지?" 켄지가 존에게 물었다.

"소 뒷발질은 엄청난 강펀치거든."

"강펀치?"

존이 웃으면서 한쪽 주먹으로 다른 손바닥을 쳤다. '퍽!'

"이걸 말하는 거야." 조지가 자기 셔츠를 들어 올리며 말했다.

켄지가 가까이 가서 살펴보니 가슴 오른편에 있는 말 발굽자국 같은 상처자국이 눈에 띄었다.

"아직도 아파?"

"별 거 아냐."

존은 작업을 마친 소에서 문어 다리 같이 생긴 착유기들을 빼내고 난 뒤, 신속하게 뒷다리의 쇠사슬을 풀었다. 그러고 나서 다른 소의 뒷다리를 그 쇠사슬로 묶었다. 그리고 소의 몸을 감고 있는 가죽 끈을 벗기고 긴 쇠막대기를 뽑아 낸 후, 자유롭게 해주었다.

켄지는 다른 한 마리 소를 들어오게 하려고 칸막이 문을 열었다. 하지만 소는 문도 다 열리기 전에 헛간으로 들어오려고 하고 있었다. 켄지가 앞으로 돌진하는 소를 저지하려고 했지만, 결국에는 소용없었다. 헛간으로 들어오려는 소의 기세 때문에, 무거운 문조차 한쪽으로 기울어졌다. 켄지는 온 힘을 다해 양손으로 문을 밀었지만, 소는 꿈쩍도 하지 않았다. 승부가 나지 않을 것처럼 보이자 조지가 끼어들었다. 그는 검게 빛나는 소의 물기 어린 눈을 손으로 찰싹 때렸다. 소는 재빨리 뒤쪽 헛간으로 뒷걸음질 쳤다.

"눈을 다친 게 아닐까?" 켄지가 물었다. 소가 걱정스러웠다.

"이것 말고는 소를 뒤로 가게 하는 방법은 없어. 소가 움직이지 않으면, 너도 나처럼 해야 돼." 조지가 말했다.

"더 좋은 방법이 있어, 켄지." 존이 충고했다.

"아니, 절대 없어!" 조지가 소리쳤다.

"그만, 그만!" 다른 목소리가 들렸다. 청바지를 입고, 방수용 고무 부츠를 신은 메리였다. 머리에는 스카프를 두르고 있었다.

"켄지." 그녀가 말했다. "소가 들어오려고 하면, 소의 눈앞에서 손을 빠르게 흔들어." 메리가 자기 눈앞에서 손을 흔들어 시범을 보여주었다. "그렇게 하면 말을 들어."

조지의 방법이 확실히 효과가 있었지만, 켄지는 소를 겁주는 다른 방법이 있다는 사실에 안심했다.

켄지는 소 젖 밑에 놓여있는 단지에 신선한 우유가 가득 차는 모습을 매우 흥미롭게 관찰했다. 그 장면과 소리는 경이로웠다. "음……." 켄지가 말했다. "켈리포니아의 유정 같아. 땅속에서 기름을 빨아올려 파이프를 통해 탱크를 가득 채우거든."

"이것이 바로 하얀색 금이야." 존이 웃으며 말했다.

"검은색 금은 소 거름과 씨름하는 대신 수영장에서 칵테일이나 마시며 인생을 즐길 수 있게 해주지." 조지가 말했다.

"탱크와 폭탄을……." 켄지가 말했다.

"그렇게는 생각 못했어." 조지가 대답했다.

"다이아몬드는 ……의 환생……!" 헛간 다른 편에서 굵은 목소리가 들려왔다.

헨리는 소의 우유 짜는 곳으로 가지 않고, 어두침침한 구석으로 발길을 돌려서 라디오의 주파수를 맞추었다. 갑자기 컨트리뮤직이 울리기 시작했다.

"제기랄." 조지가 신음했다. 모두가 들을 수 있는, 특히 헨리가 들을 수 있을 만큼 큰 목소리였다.

"켄지, 이게 내 스타일의 음악이야! K.R.V.N 렉싱턴 네브라스카! 하루 종일 들을 수 있어. 풍요로운 컨트리음악이지!"

"LA에서 듣곤 했어요."

"LA라는 도시는 자신의 미모를 뽐내려고 컨트리 노래를 부르는 것뿐이야. 마치 리사 같은 계집애가 우리의 컨트리 노래를 부르는 것과 같은 거지."

메리가 웃었다. "켄지가 같은 컨트리를 안다면, 그것을 어디서 듣던 간에 무엇이 달라요?"

"쉿!" 다른 음악이 나오자 헨리가 모두에게 조용히 하라고 했다. 그것은 농부, 트랙터 그리고 융자에 관한 우울한 노래였다.

"이런 곡은 들어보지 못했어요." 켄지가 말했다.

"봤지? 이것이야말로 진짜 사람들과 일에 대한 참된 컨트리음악이야. 바보 같은 할리우드 음악이 아니라고."

헛간 저쪽 구석에서 일하고 있던 헨리가 자랑스럽게 말했다. 존은 헨리의 반대편 끝 칸막이 문 옆에 있었고, 조지는 두 사람의 가운데에 있었다. 메리는 그들 사이를 돌아다니면서 도와주고 있었다.

"켄지, 소들도 컨트리를 좋아해. 컨트리음악은 편안해서 우유를 더 많이 나오게 하지."

"그건 미신이에요." 존이 말했다. "과학적으로 말하면······."

"거기까지 해라, 이 녀석아."

"알겠어요, 아버지." 존이 소를 풀어주며 말했다.

켄지는 빈 외양간으로 소 한 마리를 들여보냈고, 뒤쪽 헛간으로 소들을 더 모아 놨다. 그는 헛간의 여닫이문을 닫고 젖 짜는 외양간으로 돌아왔다.

"켄지, 네가 좋아하는 음악은 뭐니?" 메리가 물었다.

"재즈요. 뉴욕 가면 좋은 재즈를 들어보고 싶어요."

"제 정신이 아니군." 헨리가 중얼거렸다. "컨트리가 아니면 음악도 아니지!"

켄지가 마치 운동선수처럼 옆구리에 숫자 '5'가 쓰인 소 한 마리를 더 들여보냈다.

"5번 어미 소야." 메리는 존에게 그 번호가 쓰여 있는 양동이를 넘겨주었다.

"이 양동이에는 왜 번호가 쓰여 있어?"

"이 소에겐 새끼가 있어." 존이 손으로 젖을 짜며 설명했다. "그 송아지는 지금 우리에 있어. 일이 끝나면, 양동이에 담긴 어미젖을 가져가서 송아지에게 먹여야 해. 켄지, 무슨 말인지 알겠어?"

"아무 우유나 먹이면 안 되나?"

"그래도 돼. 그렇지만 소가 건강하지도 않고 잘 크지도 못해." 존이 양동이에 우유를 거의 가득 채우면서 말했다. "3주 후부터는 어떤 우유든지 괜찮아. 그렇지만, 처음 3주가 송아지에겐 매우 중요해."

"그렇구나."

어떤 소가 들어왔다가 켄지를 보자마자 재빨리 몸을 돌렸다. 소는 켄지를 보자 마치 투우장에서 황소에게 적대감을 불러일으키기 위해 흔들어대는 빨강색 천을 본 것처럼 행동했다. 켄지가 안고 있는 재정적 곤란함의 냄새를 맡은 게 아니라면 말이다. 켄지는 소가 뒤쪽 헛간으로 돌아갈 때까지 비어있는 소젖 짜는 칸으로 재빨리 몸을 피했다.

"괜찮니, 켄지?" 메리가 걱정하며 물었다.

"괜찮아요. 근데 좀 겁이 났어요."

"가서 그 소를 몰고 와라." 헨리가 켄지에게 작은 막대기 하나를 주며 말했다. "이걸 가지고 가. 필요할 거다."

소는 뒤쪽 헛간에서 안절부절 못하고 있었다. 켄지가 젖 짜는 외양간으로 몰고 가기 위해 소를 막대기로 치자, 소는 겁에 질렸다.

헨리가 황급히 뒤쪽 헛간으로 다가왔다. "켄지, 그렇게 거칠게 다루지마! 무기를 쓰면 안 돼! 단지 그 막대기를 보여주기만 하면 돼."

켄지가 헨리 말대로 하자, 소가 움직이기 시작했다.

헨리는 동물들에게 공포를 느끼게 하는 것은 비경제적이라고 말했다. 그리고 동물들의 정해진 패턴에 대해서도 설명했다. 켄지는 겸손히 배웠고, 헨리는 그가 말귀를 알아들어서 흡족했다.

"소들이 어떻게 자기 차례를 알지요?" 켄지가 물었다.

"그건 우리가 절대 알 수 없어." 헨리가 말했다. "바로 이 녀석이 '데이지'야." 그는 소의 엉덩이를 토닥거렸고, 그 소는 젖 짜는 작은 칸으로 들어갔다. "데이지는 항상 일흔네 번째야. 절대 실수하지 않아!"

"참 놀랍네요. 내일 한번 지켜봐야겠어요."

"잘 봐둬. 맨 마지막 소는 항상 '짱'이야. 이들 사이에는 리더도 있어. 그 녀석 이름은 '보스'야. 협동력이 뛰어나지. 심지어 서로를 돌봐 주기까지 해. 한 소가 물 마시러 가면, 다른 소가 그의 송아지까지 돌봐줘."

"물론 어떤 소들은 협조적이지 않아." 메리는 젖 짜는 구역으로 소를 집어넣기 위해서 소의 엉덩이를 밀며 말했다. "이렇게 둔한 소도 있어."

켄지는 재빨리 메리를 도왔다. 이들은 함께 소를 밀었다.

"이 녀석 참 크네. 큰 바위덩어리를 미는 느낌이네요." 켄지가 힘껏 소를 밀며 말했다.

"봤지?" 메리가 소를 제자리에 집어넣은 뒤 차분하게 말했다. "소가 엄청 고집을 부릴 수도 있어." 그녀가 젖은 천으로 소의 흙 묻은 젖을 닦으며 덧붙였다. 그때, 소가 젖어있는 긴 꼬리로 메리의 얼굴을 때렸다. "으악!" 그녀가 비명을 질렀다. 조지가 착유기를 소젖에 꽂을 때, 메리가 뒷주머니에서 손수건을 꺼내어 그녀의 젖은 얼굴을 닦았다. "더군다나……." 그녀가 말했다. "겨울에는 훨씬 심해. 소들의 꼬리에 얼음이 붙어있어서 다칠 수 있거든."

"그렇군요." 켄지가 말했다.

"이른 아침에 작업할 때, 잠을 확실히 깨워주지." 헨리가 말하자 조지를 제외하고 모두들 웃었다.

켄지는 무거운 칸막이 문을 여러 번 여닫았다. 메리는 저녁식사 준비를 위해 자리를 떴다.

다른 어미 소가 들어왔다. 존이 했던 것처럼, 조지는 번호가 적힌 플라스틱 양동이에 어미 소의 우유를 가득 채웠다.

조지가 우유 컵을 소에 연결하는 동안, 켄지는 우유저장고로 양동이를 운반했다. 그러다가 실수로 바닥에 양동이를 떨어뜨려 우유를 반쯤 엎질렀다.

"이런!" 헨리가 소리쳤다. "일에 집중 안 하고 있구나!"

"죄송해요." 켄지가 말했다. "다시는 이런 일 없도록 할게요."

"다행이야……." 조지가 양동이를 다시 채우면서 작은 소리로 중얼거렸다. "내가 그런 게 아니라서……."

오후 작업이 거의 끝나갔다. 문밖을 내다보던 켄지는 새들이 평편한 수평선 위 석양으로 붉게 물든 하늘에서 빙빙 돌고 있는 것을 보았다.

조금 있다가 마지막 소가 무거운 젖을 흔들거리며 들어왔다.

"이 녀석이 '질'이야. 내가 항상 젖을 짜주지." 헨리가 자랑스러워하며 켄지에게 말했다. "왠지 알아?"

"몰라요."

"내 고민을 털어놓을 수 있기 때문이지. 아무 대꾸 없이 잘 들어주거든."

"그렇군요." 켄지가 미소 지으며 말했다.

헨리는 소에게 속마음을 모두 털어 놓았고, 소는 그 자리에 서서 차분하고 진지한 모습으로 경청했다. 소는 이따금 바텐더나 정신과 의사처럼 고개를 끄덕였다. 헨리와 질은 서로를 위로하는 것처럼 보였다. 심지어 조금 닮은 것 같기도 했다.

질의 젖을 다 짜고 나서, 헨리는 헛간에서 나갔다.

"지루해!" 조지는 투덜거리며 라디오 채널을 바꿨다. 로큰롤이 우렁차게 울려 퍼졌다. 소들이 아직 헛간에 있었다면, 말로 표현하기 힘들 정도로 겁을 먹었을 것 같다고 켄지는 생각했다.

두 시간 반 동안 백이십 마리 소들이 줄지어 들어왔다가 나갔다. 켄지는 육체적·정신적으로 지쳐 있었다.

조지는 젖 짜는 헛간에서 쇠스랑으로 거름을 치웠다. 그러고 나서 건초더미가 저장되어 있는 2층으로 사다리를 타고 올라가, 건초 한 다발을 아래층으로 던졌다.

우리에서는 옆구리에 번호가 달려 있는 송아지들이 어미 소를 향해 울면서 배고픔의 신호를 보내고 있었다. 조지는 헛간 바닥 위에 새 건초를 펼쳐 놓고 있었다. 존과 켄지가 양손에 하나씩 양동이를 들고 우리로 들어가자, 송아지들이 그들 주변을 둘러쌌다. 켄지는 송아지들의 크고 무구한 눈망울에 매료되었다.

켄지는 어미 소와 떨어져 있는 송아지들이 매우 슬퍼 보였다. "송아지를 어미와 함께 두면 안 돼?"

"그러면 좋지 않아. 송아지들이 계속 젖을 먹으려고 해서 병이 날 수도 있거든."

존은 두꺼운 막대기로 송아지들의 머리를 두드려서 네 마리를 제외하고 모두 몰아냈다. 켄지는 송아지 머리에서 울리는 소리를 들었다. 그 소리가 너무 커서 놀랐다.

"켄지!" 존이 불렀다. "이 양동이 들어."

켄지가 양동이를 들었을 때, 존은 송아지의 머리를 억지로 양동이 안으로 밀어 넣었고, 검지와 중지를 송아지의 입에 물렸다. "마셔, 마셔." 존이 부추겼다.

우유 양이 급속도로 줄어들었다. "존, 송아지들은 스스로 우유를 못 마셔?"

"빨 줄은 아는데, 마실 줄은 몰라. 그래서 어떻게 마시는지 가르쳐 줘야 해. 송아지는 내 손가락이 젖꼭지인 줄 알고 빠는 거야. 하지만 며칠이 지나면 내 손가락 없이도 양동이로부터 우유 마시는 법을 터득하게 돼."

가득 찼던 양동이 안의 우유가 순식간에 사라졌다.

"오, 엄청 많이 마셨네!" 켄지가 말했다. "배가 매우 고팠던 모양이야."

"이 녀석들은 항상 배가 고파."

"내가 한번 해봐도 되겠어?" 켄지는 몹시 해보고 싶었다.

"물론, 5번 양동이로 한번 해봐."

켄지는 5번 양동이를 가져왔고, 존이 양동이를 들고 있는 동안 제일 작은 송아지에게 우유를 먹여주었다. 소가 손가락을 빠는 느낌이 묘했다. 양동이가 텅 비고 난 다음, 켄지는 송아지의 넓고 부드러운 머리를 쓰다듬어 주었다.

존과 켄지가 송아지에게 우유를 먹이고 있는 동안, 조지는 착유기를 우유저장고로 옮겼다.

마침내 그들은 라디오와 불을 끄고 헛간 문을 닫았다. 헛간이 암흑 속에 묻히고 고요가 다시 찾아왔다.

그들은 집으로 걸어가는 도중에 부츠에 묻은 진흙을 털어냈다.

집에 가까이 다다르자, 맛있는 냄새가 났다. 켄지는 굶주린 송아지처럼 배가 고팠다.

그들은 옆문으로 들어가, 흙 묻은 부츠를 벗어서 벽 앞에 있는 낡은 신문지에 한 줄로 나란히 세워 두었다. 켄지는 켄칸(현관)에서 신을 벗고 방에 들어가는 일본의 관습을 떠올렸다. 멀리 떨어져 있지만, 묘하게도 네브라스카와 일본이 전혀 다르지는 않다고 생각했다.

저녁식사를 하기 전, 그들은 차례로 샤워를 하기 위해 가벼운 발걸음으로 욕실로 향했다.

05

식탁은 티끌 하나 없는 하얀 천으로 덮여 있었다. 흙투성이의 옷을 입었지만 순진하기만 한 시골 사람들의 마음 같았다. 음식은 풍성했다. 가혹한 날씨 탓에 거칠어진 헨리의 균형 잡힌 얼굴에는 안데스 산맥처럼 굴곡진 주름이 잡혀 있었다. 킬리만자로의 하얀 눈에 도달하지 못했던 태양빛은 모자의 챙 덕분에 그의 이마에도 도달하지 못했다. 흰 이마와 어울리는 회색 상고머리를 보며 켄지는 그가 수많은 고난을 견뎌왔으리라고 생각했다.

"여러분들이 배가 고프면 좋으련만." 메리가 말했다.

"메리, 무슨 말을 하는 거야? 여기는 농장이야. 여기서 자기를 속이는 바보는 없을 거라고 생각해." 헨리가 비꼬며 말했다.

"옥수수 좋아하니, 켄지?" 메리가 물었다.

"좋아해요."

"먹고 싶은 만큼 먹으렴. 양은 충분해. 너무 달아서 이따금 나는 속에서 받질 않아."

메리가 간단히 기도를 하고 난 뒤, 헨리는 자랑스럽게 말했다. "켄지, 이 식탁 위에 있는 모든 것은 우리 땅에서 나온 거란다!"

"케첩이 중국에서 온 거라는 말을 들은 적이 있어요." 켄지가 케첩을 가리키며 말했다.

"그렇지만 토마토는 미국에서 재배하기 시작했어." 계속해서 말하고 있는 헨리에게 켄지가 뜨거운 감자가 담긴 큰 사발을 건네주었다. "이 감자도 그렇고, 이 옥수수도, 저기 있는 콩들도 마찬가지야. 오늘날 전 세계에서 먹고 있는 거의 모든 음식들이 원래는 미국 인디언들로부터 시작되었어."

"네. 옥수수는 인디언의 주식이라고 배웠어요. 그들은 토르티야를 만들기 위해 여전히 옥수수를 갈고 있고요." 켄지가 말했다.

"처음으로 유럽의 청교도들이 플리머스록에 도착했을 때, 인디언들이 팝콘을 한 양동이나 들고 마중 나갔어. 알고 있니?"

조지가 터져 나오는 웃음을 꾹 참았지만 헨리는 계속해서 말했다.

"최소한 식량문제에 관해서는 미국이 세계의 절박한 배고픔을 채워주고 있다는 것을 기억해야 돼. 미국은 서구문명의 발전에 어느 나라보다도 큰 역할을 했어. 미국이 없었다면, 서구문명의 틀은 그토록 발전하지 못했을 거야. '몰드보드'를 개량한 토머스 제퍼슨 또한 미국인이란 사실을 아니?"

"몰드보드가 뭐죠?" 켄지가 물었다.

"땅을 갈아엎는 쟁기의 구부러진 부분이야. 우리는 토머스 제퍼슨의 독창적인 아이디어에 감사해야해. 그리고 맥코믹이 이 도구를 좀 더 발전시켰어. 하지만 세상은 이들을 완전 잊어버렸지. 그러고 나서 제조업자들이 농기구 수요를 충족시킬 수 있게 된 거야. 농작물을 수확할 때 쓰는 존디어의 기계보다 위대한 것이 있다고 생각해?"

"미국 연장들이 아주 좋다고 하더라고요." 켄지가 말했다.

"당연한 말이지!"

헨리가 그렇게 말하자 존이 킬킬거렸다.

"뭐가 그리 우스워?" 헨리가 묻자 존이 대답했다.

"오늘 제가 우스갯소리를 하나 들었는데, 아버지 말을 듣다보니 그게 생각나서요."

"우리한테도 말해줘."

존이 여전히 웃으며 대답했다. "아빠, 트랙터 파는 사람 부인이 남편을 두고 달아난 이야기 들으셨어요?"

"자세하게 말해봐." 헨리가 물었다. "어떻게 된 거야?"

"그 사람이 일을 마치고 집으로 돌아와 보니, '존 디어'라는 편지만 기다리고 있었다는 거예요." 역주—dear(친애하는, ~에게)와 deer(사슴)의 발음이 유사하다.

모두 가볍게 웃고 나서, 다시 밥 먹는 일에 몰두했다.

저녁 식사를 하는 동안에는 조지와 헨리조차 아버지와 아들처럼 행동했다.

"치킨 안 좋아하니?" 메리가 켄지에게 물었다. "많이 안 먹은 것 같은데."

"많이 먹었어요. 저는 채소를 좋아해요."

"채식주의자들은 저주 받아야 돼!" 헨리가 말하자 존이 조심스럽게 받았다.

"소들은 채식주의예요."

"소들은 그럴 수밖에 없잖아." 헨리는 음식을 한 입도 소홀히 하지 않으며 대답했다.

"너무 우왕좌왕해서 먹이를 쫓아다닐 수 없어."

존은 켄지가 식기를 특별한 방식으로 다루는지 보려고 지켜보고 있었다.

"젓가락으로 어떻게 음식을 먹지?" 소년이 물었다.

켄지는 손으로 접시를 들어 올려 입 가까이 가져간 뒤, 젓가락으로 음식을 먹는 흉내를 내었다.

"엄마, 우리 젓가락 같은 거 있어요?" 존이 물었다. "켄지에게 젓가락 쓰는 법을 배우고 싶어요."

헨리가 대답했다. "지하실에 연필 굵기의 나무막대기가 있어. 저녁 먹고 나서 연습해 봐."

존은 순식간에 접시를 비우기 시작했다.

"먹고 나서도 시간은 많아. 천천히 먹어!" 헨리가 외쳤다.

존은 속도를 줄이고 나서 켄지에게 말했다. "근데 미국에는 왜 왔어?"

"다른 문화와 새로운 것들을 배우려고."

"집 생각은 안 나?"

"미국에 온 첫 해는 그랬지. 그렇지만 새 친구들을 많이 사귀어서 괜찮아졌어."

"여자친구는 있어?"

"응."

"예뻐?"

"당연하지."

존이 다른 질문을 하려고 할 때, 메리가 말했다. "그만해라, 존. 네가 그렇게 많이 물어보면 켄지가 좋아하지 않을 거야."

존은 저녁식사를 마쳤다. 그리고 테이블에서 일어나겠다고 양해를 구한 뒤 지하실로 내려갔다.

풍성했던 음식이 순식간에 사라졌다. 헨리는 갓 나온 통밀빵 조각으로 접시에 묻은 양념들을 닦았다. 구릿빛 큰손에 비해 접시가 너무 작아 보였다. 조지는 식사를 마치자마자, 바로 자리에서 일어났다.

"저 오늘 저녁에 리사 만나기로 했어요."

"또 집에 늦게 들어오겠군. 망할, 내일 너는 아무 쓸모도 없을 거야."

"헨리!" 메리가 말을 가로막았다. "조지는 젊잖아. 아침엔 괜찮을 거야."

"감히 밤새 놀 작정인 거냐?" 헨리가 외쳤지만 조지는 이미 나가고 없었다.

존이 가느다란 나무막대기를 찾아가지고 지하실 계단을 뛰어 올라왔다.

"젓가락을 어떻게 쓰는지 가르쳐 줄래?" 소년이 켄지에게 물었다.

"물론이지." 켄지는 연필 굵기의 막대기를 휴대용 칼로 자르고 다듬었다. 그리고 손수 만든 젓가락을 헨리와 존에게 나누어 주었다.

"먼저 오른손으로 이렇게 들어야 돼." 켄지는 한 쌍의 나무젓가락으로 시범을 보였다.

"그러고서 엄지손가락과 검지, 중지로 하나를 잡고, 다른 하나는 약지로 받치면 돼."

존은 과일이 담긴 그릇에서 포도알 몇 개를 떼어 내어 자기 접시 위에 놓았다. 헨리와 존은 젓가락으로 포도알을 집으려고 애썼다. 존은 가까스로 포도알 하나를 집었다. 그것을 입에 넣으려다가 힘을 너무 세게 준 나머지 포도알이 쏙 빠져 날아가 헨리의 이마에 명중했다. 헨리가 웃음을 터뜨렸다. 켄지는 강인한 헨리의 겉모습 속에 감춰져 있던 상냥한 아버지의 모습이 드러나는 것이 흐뭇했다.

두 사람이 젓가락질을 제대로 배우는 데는 한 시간이나 걸렸다. 그리고 나서 세 사람은 침실로 갔다.

06

켄지는 방으로 들어갔다. 침대 옆 램프를 켜고, 시원한 미풍이 방으로 들어오도록 창문을 활짝 열었다. 창밖으로 달빛에 반사된 옥수수 밭이 보였다. 네브라스카의 밤은 고요하고 평화로웠다. 멀리서 들려오는 귀뚜라미 소리에 그는 일곱 살 때 기억을 떠올렸다. 아버지가 백 엔 동전 네 개를 그에게 주었다. 그는 작은 상자 안에 든 귀뚜라미 한 마리를 샀다. 새 친구의 울음소리를 들으며 여러 날 밤을 행복하게 보냈다. 네브라스카의 귀뚜라미는 아득한 추억들을 떠올리게 했다. 그러나 불현듯 아버지와의 언쟁이 떠오르자 행복한 기억들이 희미해졌다.

그날 밤 꿈에서 마이크의 사냥총들 위에 걸려 있는 사슴뿔들이 어떤 형상으로 변하기 시작했다. 헨리가 머리에 바이킹처럼 거대한 황소 뿔을 달고 있었고, 인도의 신 시바처럼 여섯 개의 근육질 팔을 갖고 있었다. 그는 받침대에서 사냥총을 집어 들었다. 켄지는 헨리가 시바의 팔을 가진 모습을 보고 공포에 젖었다. 켄지는 목청껏 비명을 질렀다.

노크 소리가 희미하게 들렸다. "켄지, 일어나렴." 메리의 부드러운 목소리가 그를 깨웠다. 켄지의 목은 잠겨 있었다.

그는 아침 일찍 일어나는 것을 좋아하지 않았다. 가장 달콤하게 잠자는 순간을 방해받는 것이 싫었다. 메리의 부드러운 목소리가 다시 들려왔다. 그녀는 그를 조용하게 불렀다. 그러나 분명하게 들렸다. 마치 도와줄 사람이 아무도 없는 것 같은 절박한 목소리였다.

그는 램프를 켰다. 따뜻한 침대의 안락함에서 게으름을 피우며 일어났다. 켄지는 침대 위에 있는 옷들을 집어든 후에 차가워진 바지를 주섬주섬 입었다. 그때 그는 책상 위에 있는 배를 알아보았다. 벽에 걸린 사슴뿔들과 사냥총들도 알아보았다. 창밖 경치는 어두웠고 쥐죽은 듯 고요했다. 그는 마치 젊음을 잃어버렸던 것 같은 느낌이었다.

07

켄지는 세수를 한 후에 새벽의 찬 공기로 떨리는 몸을 진정시키기 위해, 새 티셔츠 위에 깨끗한 폴로재킷을 입었다. 그는 아직 꿈과 현실사이에 있었다.

"깨워서 미안해, 켄지. 아침 일찍 일어나는 게 익숙하지 않다는 거 알아."

켄지가 테이블에 앉자 메리가 김이 나는 뜨거운 커피를 따라주며 부드럽게 말했다.

"곧 괜찮아질 거예요." 켄지는 대답한 후에 지난밤의 악몽을 이야기했다.

"켄지, 네가 머무는 동안에 총들을 다른 곳에 보관해둘게. 그래야 네 마음이 좀 편해지겠지?"

"감사해요." 켄지가 차가운 손으로 따뜻한 머그잔을 쥐며 말했다. 그는 커피의 도움으로 잠에서 깨어나길 바랐다. 존은 머핀을 씹으며, 잡지를 읽고 있었다.

"어젯밤 몇 시에 들어 왔니, 조지?" 커피를 따르며 메리가 물었다. 조지는 잠이 덜 깬 모습이었다.

"늦게요." 그가 웅얼거렸다.

"넌 정말 정신 좀 차려야 돼." 메리가 말했다.

그는 아무 말도 하지 않았다.

켄지에게 졸린 목소리로 말했다. "켄지, 설탕 좀 줘."

조지의 입에서 술과 담배냄새가 풍겼다. 조지는 커피에 설탕 세 스푼을 넣었다.

"설탕 너무 많이 먹으면 안 좋아." 켄지가 충고했다.

"아, 그래?" 조지가 한 스푼을 더 넣으며 비꼬는 투로 대답했다.

"형은 뭘 말하든지 반대로만 해. 켄지." 존이 말하자 조지는 동생에게 입을 다물라고 말했다. 존은 다시 잡지에 집중했다.

"켄지, 많이 먹으렴." 메리가 말했다.

켄지가 따뜻하고 부드러운 머핀에 딸기잼을 발랐다.

"이 책에서 그러는데. 이 지역 평균강수량에는 콩이 옥수수보다 더 적합한 작물이래. 한 에이커당 몇 백 달러는 더 많이 벌 수 있대." 존이 설명했다.

"제길." 조지가 중얼거렸다.

"아이오와주에 있는 몇몇 농가는 콩으로 바꿨대. 아주 성공적이래."

"아버지한테 말씀 드려봐." 조지가 말했다. "솔깃하실 거야."

"아버지가 내 말은 들으실 수도 있겠다." 존이 순진하게 말했다.

"맞아, 꼬맹아. 우리의 꼬맹이 도덕군자."

켄지는 머핀을 먹고 있었다. 존은 잡지를 읽고 있었고, 조지는 졸고 있었다.

"일어나! 일어나!" 메리가 말했다. "할 일이 태산이야, 얘들아! 얼른 시작해야지!"

헨리였다면 타고난 기질로 인해 더 난폭하게 말했을 것이다. 하지만 메리는 의사전달을 할 뿐이었다.

"젠장!" 조지가 투덜거렸다. 그는 의자를 뒤로 밀치며 일어섰다. 나머지 둘도 그 뒤를 따랐다.

그들은 부엌을 지나 다양한 색의 작업복들이 걸려있는 문 근처 옷걸이로 걸어갔다. 조지와 존은 무겁고 기름때가 묻은 카우보이 부츠에 발을 넣었고, 켄지도 그랬다. 헨리가 계단에서 내려오는 소리가 났을 때, 메리는 그 자리에 남아있었고, 소년들은 서둘러 밖으로 나갔다.

밖으로 나와 조지와 존과 켄지는 헛간으로 향했다. 독특한 거름냄새가 켄지의 코로 흘러들어왔다. 차가운 공기 속에서 하얀 입김이 보였다. 켄지는 주머니에 손을 넣었고 몸을 조금이라도 더 따뜻하게 하기 위해 어깨를 움츠렸다.

조지가 무거운 헛간 문을 온몸으로 밀어서 열었다. 안으로 들어가자마자 그는 전등과 라디오를 켰다. 헛간은 라디오에서 흘러나오는 로큰롤음악으로 가득 찼다. 마치 네브라스카의 이른 새벽을 고의적으로 공격하는 것 같았다. 그들은 잠에서 깨어나려 애쓰며 느리게 움직였다.

켄지는 특히 이른 아침에 귀청을 울리는 로큰롤을 견딜 수 없었다. 누군가 어떤 음악을 들을지 물어봤다면, 그는 부드러운 재즈를 선택했을 것이다. 그러나 아무도 묻지 않았다. 그래서 그는 침묵했고, 젖 짜는 외양간에 착유기 설치하는 것을 도왔다.

마침내 헛간은 백이십 마리 소들의 행렬을 맞이할 준비가 되었다.

헛간의 미닫이문이 천천히 열렸다.

"모두들 좋은 아침! 우유 짤 시간이야!" 존이 어두움 속에 조용히 서있는 소들에게 소리쳤다. 그들은 밝은 헛간 안쪽을 바라보고 있었다.

소들은 켄지에게는 기대에 부푼 모습으로, 존에게는 만족해 하는 모습으로, 조지에게는 그저 지루한 모습으로만 보였다.

"소들이 말을 할 수 있었으면 좋겠어." 켄지가 말했다.

"우유를 스스로 짤 수 있으면 좋겠어." 투덜거리던 조지가 한 마리의 착유를 마치고 체인을 푼 후에, 가죽 끈을 풀어 고정 핀을 뽑았다. 켄지가 비어 있는 칸으로 다른 소를 보내자 조지가 작업을 시작했다.

켄지는 미닫이문을 열어 다른 소떼를 들여오기 위해 소가 두 마리밖에 없는 뒤쪽 헛간으로 들어갔다. 그는 조심스럽게 미닫이문으로 달려갔다. 스무 마리의 소들이 동시에 그에게 달려들어 짓밟는 장면을 상상했다. 그가 문을 열었다. 소 한 마리가 들어왔다. 그리고 또

한 마리. 또 다음 한 마리, 넷…… 다섯…… 여덟…… 아홉…… 소들이 모두 들어왔을 때, 그는 문을 닫았다.

켄지는 어려운 짐을 기꺼이 지고자했던 열망에서 비롯된 자신감을 가지고, 이 여정이 끝나지 않으리라고 예감했다.

"아버지는 어디 계시는 거야?" 조지가 물었다. "좀 도와주셔야 하는 거 아니야?"

"네 일에나 신경 써, 조지." 메리가 날카롭게 말했다. "아버지는 좀 쉬어야 해. 너무 힘들게 일해 왔어."

그녀의 목소리에서 헨리에 대한 깊은 사랑이 드러났다. 헛간은 활기를 띠기 시작했고, 로큰롤이 요란하게 라디오에서 흘러나왔다. 그리고 갑자기 채널이 바뀌었다. 이제 발랄한 컨트리음악이 헛간을 가득 채웠다.

조지는 쳐다볼 필요조차 없었다. 그 이유를 알고 있었으니까. 헨리가 왔다. 컨트리음악의 리듬은 켄지의 심장 박동을 정상적으로 돌려놓았다.

"보아하니, 너는 또 자정이 넘어서 들어왔구나. 그렇지?" 헨리가 화를 내며 말했다.

조지는 아무런 말도 하지 않은 채, 자신의 일을 묵묵히 계속했다.

"잘 들어, 이 녀석아. 넌 이 농장에 책임이 있어. 그리고 너는 나의 기대에 부응하고 있지 않아. 왜 이 소들만도 못한 거냐? 소들은 엉뚱한 짓도 안하고, 아침에 일찍 일어나고, 적어도 자기 일에는……."

"여보, 조지를 내버려둬요." 메리가 말을 막자 헨리는 곧 작업에 몰두했다. 그는 우유 짜는 일을 매우 즐기는 것처럼 보였다. 켄지는 소들의 질서정연한 움직임에 감탄했다.

일이 진행되는 동안, 태양이 떠오르기 시작하자 바깥이 점점 밝아졌다. 켄지는 재킷을 벗어 벽에 박혀있는 녹슨 못에 걸어 놓았다. 나머지 사람들도 그들의 두꺼운 양모 셔츠를 벗어서 걸어 두었다. 그들 가족 사이의 냉기는 물론, 아침의 냉기 또한 사라졌다. 켄지는 조지가 아버지를 증오하는 것이 아니라 단지 농장일을 싫어하는 것뿐이라고 느꼈다. 그러나 불행하게도, 그의 아버지와 농장일은 떼어낼 수 없는 관계였다.

나지막한 엔진소리가 공중에 울려 퍼졌다.

"저건 농약살포기야." 존은 미닫이문 사이로 보이는 단발엔진 비행기를 가리키며 말했다. 그것은 이웃의 들판을 향해 내려오고 있었다. "농약을 뿌리고 있어."

"왜 이렇게 일찍 뿌리는 거야?"

"더워지면 공기 분자들이 더 빨리 움직여. 그래서 농약들이 날아가 버리지. 공기가 정지해 있을 때 시작해야만 해." 존이 설명했다.

"우리도 아마 한 번 더 뿌려야 할 거다." 농부가 짜증냈다. "올해는 빌어먹을 메뚜기가 너무 많아."

켄지는 농약살포기를 바라보는 게 흥미로웠다. 비행기는 아슬아슬하게 옥수수밭 위로 날며 농약을 살포했다. 그러고서 하늘로 다시 올라갔다.

메리는 집으로 돌아가기 위해 자리를 떴다. 그것은 아침 작업이 절

반쯤 진행되었다는 반가운 신호이기도 했다.

　잠시 후, 마지막 소인 질이 긴 꼬리를 흔들며 느릿느릿 들어왔다. 헨리가 마무리했다.

08

오전 착유가 끝난 뒤, 조지와 존과 켄지는 훤히 트인 부엌으로 어슬렁거리며 들어왔다. 부엌 안은 베이컨 굽는 고소한 냄새로 가득했다. 야구모자와 셔츠와 재킷을 옷걸이에 걸어 놓고, 낡은 신문 위에 흙투성이 부츠를 나란히 벗어 놓았다.

켄지는 일본으로 국제전화를 걸었다. 곧, 그의 어머니와 전화가 연결됐다.

"호텔에서 전화하는 거니?"

"아니요. 전 아직……. 여기 사람들 매우 친절해요. 아버지는요? 얘기하셨어요?"

"응. 얘기했지. 네가 일본여자와 결혼한다고 약속해야 돈을 보낸다고 하더라. 아버지는 매우 화가 나셨어. 아직도 카노조 토 츠키아테 이루까라(그녀와 사귀고 있기 때문에). 넌 아직 어려서 세상물정을 모른다. 시간이 지나면, 아버지를 이해하게 될 거야."

켄지는 어머니가 아버지에게 자기 의견을 강하게 표현하지 않았다는 것을 알았다. 어머니는 예전에 잉가와 사귀는 것을 허락한 적이 있었다.

"이해해요, 어머니."

"얼마동안 일할 거니?"

"아직 잘 모르겠어요. 아마 2주 정도요. 더 할지도 모르고요. 너무 염려하지 마세요. 알아서 잘할게요."

갑자기 아버지의 화난 목소리가 들렸다. "바카야로(바보 같은 놈)! 일본으로 돌아와서……."

켄지는 아버지를 염려하며 전화기를 내려놓았다. 그는 아버지가 술이 상당히 취하셨다는 것을 알 수 있었다. 그는 계란, 팬케이크, 베이컨, 비스킷, 그레이비 고기스프 그리고 여러 음식들이 차려진 식탁으로 걸어가면서 식욕이 사라지는 것을 느꼈다. 메리는 식탁에서 마치 병사들을 맞이하는 것처럼 보였다.

그는 조용히 자리에 앉았다. 헨리가 감사기도를 한 뒤, 가족들의 손이 식탁 위에서 분주하게 움직였다. 접시와 사발들이 들썩였다. 켄지는 식욕이 돌아오는 것을 느꼈다.

"존, 송아지들에게 차가운 물 주는 거 잊지 마라." 헨리가 말했다. "날씨가 꽤 더울 거다."

존은 고개를 끄덕였다.

"일기예보에서 기온이 약 30도까지 올라갈 것이고 습도도 높을 거라고 했어." 메리가 알려주었다.

"등골 빠지게 일하겠군." 조지가 투덜거렸다.

"더 강해져야 해!" 헨리가 꾸중했다.

"더 강해질 필요 없어요. 그냥 되는대로 할래요."

"그럼 옷들을 네 사이즈에 맞춰 잘라야겠군." 헨리가 말했다.

"로스앤젤레스에서는……." 켄지가 미소를 지으며 말했다. "해변에 가야 할 날이네요. 일광욕하기에 딱 좋죠."

"네브라스카에서는 일광욕을 위한 해변이 필요 없어." 헨리가 말했다. "몇 시간만 밭에 있어봐. 감초처럼 까맣게 될 거야."

켄지가 웃었다. 켄지의 웃음은 모두에게 긴장을 완화시키는 효과를 가져왔다. 먼저 조지, 그리고 헨리에 이어 온 가족이 함께 웃기 시작했다.

"그래서, 말해봐 켄지." 헨리가 음식을 먹으며 물었다. "일본의 다른 곳에서는 무엇을 먹지? 쌀?"

"많은 곳에서……."

"사람들은?" 존이 물었다.

"도쿄의 어느 식당들은 수입해온 아이다호 감자를 사용해요. 아이다호 감자는 매우 크고 질이 좋아요. 저는 그 감자가 세계에서 가장 좋다고 생각해요."

"미국의 모든 것들이…… 세계에서 제일이지!" 헨리가 자랑스럽게 말했다. 벽난로 위에 놓여 있던 사진들을 떠올리며, 켄지는 일본과 미국의 전혀 다른 점을 알려주었다.

"일본에서는 집에 가족사진을 걸어 놓지 않아요. 부츠당이 있는 벽 높은 곳에 돌아가신 조상님의 흑백사진을 걸어 놓아요."

"부츠-덩이 뭐야?" 농부가 물었다.

"집안에 불상을 놓고 기도하는 곳이에요. 양초들, 물 한 사발, 그리고 작은 밥그릇이 있어요. 하지만 많은 사람들은 좋은 인상을 주려고 책을 진열해 놓아요."

"우리도 두꺼운 '리더스 다이제스트' 몇 권을 진열해 놨어. 아마 누가 보면 우리가 이런 두꺼운 책들을 읽느라 엄청 바쁜 줄 알 거야." 조지가 비꼬며 말했다.

"일본사람들은 책을 많이 읽니?" 메리가 물었다.

"좋은 책 없이는 못 사는 몇몇 사람들만요."

"너희 집에 가족앨범 있니?"

"네, 있어요."

"우리도 있어." 존이 말했다. "너희 가족사진 좀 보여줄래?"

"모두 일본에 있어."

"가족사진을 갖고 다니지 않나?" 헨리가 물었다.

"일본사람들은 가족사진을 가지고 다니지 않아요." 켄지가 말했다. "그냥 제 여자친구 사진을 한 장……."

"봐도 돼?" 존이 말했다.

켄지는 지갑에서 잉가의 사진을 꺼내어 존에게 건네주었다.

"와, 정말 예쁘다!" 그가 말했다.

조지도 사진을 건네다 보고 동의한다는 의미로 휘파람을 불었다. 존은 어머니에게 사진을 보여주었다. 그녀는 헨리와 함께 사진을 보았다. 헨리는 아무 말도 하지 않았다. 하지만 메리가 한마디 했다.

"매우 매력적이구나, 켄지."

켄지는 사진을 돌려받고 지갑에 넣기 전에 한 번 더 잉가의 얼굴을 바라보았다.

"여자친구 아버지는 무슨 일을 하시니?" 메리가 물었다.

"대학교수세요."

"거친 농부의 손을 부드럽게 하는데 적합한 일이군." 헨리가 빵조각으로 접시의 그레비소스를 닦으며 말했다.

풍성한 아침식사를 한 뒤, 각자 쉬는 시간을 갖기 위해 흩어졌다. 켄지는 방으로 올라가서 아버지에게 편지를 썼다.

아버지께

저는 아버지의 기대만큼 아버지를 기쁘게 해드리고 싶었어요. 아버지께서 항상 원하던 사람이 되려고 열심히 노력해왔어요.

결혼을 결정하는 것이 제게는 정신적으로 고통스러운 일이에요. 결정할 때까지 시간이 더 필요해요.

아시다시피, 공부를 마치려면 일 년이 남았어요. 하던 공부를 끝내지 않으면 지금까지 공들였던 시간과 노력들이 모두 수포로 돌아가요. 제 미래는 시작했던 것을 마무리하는 것에 달려있어요.

잠시 동안, 저는 네브라스카에 있는 농장에서 새로운 것들을 배우고 있고, 또 제 자신에 대해서도 알아가고 있어요.

아들 켄지 올림

편지를 쓰고 나서 그는 지갑에서 우표를 꺼내 편지에 붙인 뒤 밖으로 나갔다. 우체통에 편지를 넣고 빨간 막대기를 올린 후, 집으로 돌아왔다.

켄지가 거실로 들어가자 메리가 말했다. "켄지, 여기로 와 봐." 그녀가 소파로 손짓했다. "우리 가족앨범이 있어. 보지 않을래?"

"오, 좋아요. 보고 싶어요." 그가 말했다.

커피 탁자 위에는 수제 가죽덮개와 검정종이 여러 장으로 만들어진 앨범 네 개가 놓여 있었다.

켄지는 큼지막하고 두툼한 소파로 가서 메리와 존 사이에 앉았다. 헨리는 소파 모퉁이에 있는 메리 근처의 안락의자에 자리를 잡았고, 조지는 존 옆에 앉았다.

메리는 맨 위에 있는 앨범을 펼쳤다. 그 안에는 적갈색과 빛바랜 흑백사진들 여러 장, 그리고 몇 장의 컬러사진이 있었다.

"와, 이것 봐." 메리가 말했다. 그녀가 매우 통통한 아기를 들고 있는 젊은 헨리의 흑백사진을 가리키며 말했다. 아기의 코끝에는 장식용 흰 설탕이 조금 붙어 있었다. 가운데 초가 한 개 꽂혀 있는 케이크가 보였다. "조지의 첫 번째 생일 때야. 매우 흥분했지. 케이크 위를 기어 다니려고 했어."

조지는 어떤 사진인지 보려고 앨범 쪽으로 몸을 기울였다. "와, 아버지가 기뻐하시는 것 좀 봐. 환하게 미소 짓고 계셔. 이때는 아직 나를 좋아하셨나 봐."

"네 아버지는 항상 너를 사랑하고 계신단다." 메리가 말했다.

"어머니는 아마도 그렇게 생각하시겠지만, 그건 옛날얘기예요."

켄지가 무관심하게 앉아있는 헨리를 슬쩍 보았다.

"켄지, 여기 봐!" 손바닥으로 얼굴을 가린 정체불명의 모습을 가리키며 존이 외쳤다. 그 사진은 지나치게 클로즈업되어 있었다. 머리엔 분홍색 컬핀들이 걸려있었고 손가락 사이로 간신히 눈동자 하나가 보였다. "내가 찍은 사진이야. 엄마가 막 퍼머를 하려는 순간이었어. 내가 불시에 들이닥쳤지."

켄지는 앨범 몇 장을 연이어 넘겨보며 헨리 가족에 대해서 더 알게 되었다. 그는 마이크와 존이 상을 매우 많이 받았음을 알게 되었다. 존이 4-H 프로젝트에서 기른 토끼로 일등상을 받는 사진, 낱말맞추기 대회에서 트로피를 받는 사진들이 있었다. 마이크의 사진들은 야구, 럭비, 토론대회에서 트로피를 받는 것들이었다. 또 졸업생 대표로 사각모와 가운을 입고 있는 모습도 볼 수 있었다.

메리가 페이지를 넘겼을 때, 켄지의 눈에 해병대원 세 명이 서있는 적갈색 사진이 들어왔다. 해병대원들은 도쿄 와코빌딩 앞에서 서로의 어깨에 팔을 올린 채 카메라를 보며 미소 짓고 있었다.

"저 여기 알아요." 켄지가 사진을 가리켰다. "저 빌딩은 긴자라는 곳에 있어요. 도쿄에서 유명한 쇼핑지역이에요. 저희 가족도 같은 장소에서 찍은 사진이 있어요."

조지가 공포영화 같은 음악소리를 흉내 냈다. "으흐흐으~"

"그만해, 조지!" 존이 외쳤다.

"동생 겁주지 마라!" 메리가 말했다.

"외할아버지께서 긴자에서 골동품가게를 하셨는데, 전쟁 중에 폭격으로 잿더미가 되어 버렸어요." 켄지가 말했다. "할아버지는 부자였어요. 엄청나게요."

"형도 부자야?" 존이 물었다.

"그런 질문을 하는 건 실례야." 메리가 존을 꾸짖었다. "이 분은 나의 시아버지란다." 세 명의 군인 중 한 명을 가리키며 켄지에게 말했다. "2차세계대전 때 해병이셨어."

"제 할아버지도 2차세계대전 때 군인이셨는데, 만주에서 전사하셨어요." 켄지가 말했다.

"사람들이 전쟁터에서 죽는 것은 끔찍한 일이야." 메리가 슬퍼하며 고개를 저은 후 계속해서 사진첩을 넘겼다. 해군에 복무하는 마이크의 여행사진들이 많았다. 어떤 사진에서 그는 뉴질랜드의 마오리족 옷을 입고 있었다. 그는 키위 새의 털로 된 망토를 걸치고 창을 든 채, 얼굴에 여러 줄의 가짜문신까지 그려 넣은 모습이었다. 그래도 여전히 마이크의 모습이 남아 있어서, 그를 쉽게 알아볼 수 있었다. 방콕에 있는 타이왕궁 코끼리동상 앞에서 찍은 사진도 있었고, '툭툭' 운전기사와 함께 찍은 사진도 있었다. 다음 장에는 대부분 마이크가 젊고 매력적인 필리핀여자와 포즈를 취한 사진들이었다.

"이 여자 분은 누구예요?" 켄지가 물었다.

"마이크의 부인, 로사린다." 헨리가 대답했다.

"그녀가 필리핀인이라는 걸 알았을 때, 아버지는 마이크를 거의 반 죽였어." 조지가 덧붙였다.

"마이크는 사람을 다루는 데 특별한 능력이 있어. 누구도 마이크에게는 오랫동안 화를 내지 못해." 메리가 설명했다.

"아마도 표범의 무늬까지도 다 지워버릴 수 있을 걸?" 조지가 말했다.

"맞아. 모두들 마이크를 좋아했어. 항상 친구가 많았지. 사람들은 마이크에게 자연스럽게 끌리지." 헨리가 말했다.

켄지는 사진 속의 마이크의 얼굴을 바라보았다. 친근하면서도 매력적인 얼굴이었다. 사람들이 쉽게 친밀감을 느끼는 이유를 알 것 같았다.

"마이크와 로사린다가 집으로 오기로 한 날, 아버지는 그 누구도 절대 외국여자를 집안으로 들일 수 없다고 격분하셨어." 조지가 말했다. "하지만 5분도 안 되서 마이크가 아버지를 새끼고양이처럼 가르랑거리게 만들어버렸지."

켄지는 잉가와 자신을 향한 아버지의 감정이 비슷한 종류의 마법으로 바뀔지도 모른다는 기대를 품게 되었다.

"마이크와 로사린다는 올해 아들을 낳았어." 메리가 말했다. "올 가을에 마이크가 오는데, 헨리와 나는 손자를 볼 생각에 매우 들떠 있단다."

헨리의 얼굴은 자부심으로 빛났다. "우린 첫손자와 만남을 기대하고 있어. 난 그 애를 농부로 만들고 말 거다."

"아버지는 아기에게 맞는 작업복과 밀짚모자를 사두셨어." 존이 말하자 농부가 덧붙였다. "일찍 시작해서 나쁠 건 없지."

메리가 사진첩 한 장을 또 넘겼다.

"조지, 이거 너야?" 켄지가 한 젊은 남자가 허들을 넘는 사진을 가리키며 말했다. 트랙에서 상을 받고 있는 사진도 있었다.

"아니, 아버지야." 조지가 말했다.

"믿을 수 없을 정도로 닮았어." 켄지가 말했다.

"응. 그렇지?" 조지가 불쾌하다는 듯이 말했다.

"잘 들어라, 이 녀석아. 네가 진작 정신을 차렸다면 뭔가는 해냈을 거야." 헨리가 억지를 부리듯 말했다.

"제발, 손님 앞에서는 그러지 마요." 메리가 말했다.

"저 사진이 조지야." 컬러로 된 스냅사진을 가리키며 존이 말했다.

켄지는 오래된 트랙터 앞에서 찍은 조지의 사진을 보았다.

"저 트랙터 좀 봐." 헨리가 말했다. "조지는 3년 전에 저 빌어먹을 것을 고치려고 했지. 지금은 그 자리에서 꿈쩍도 못하고 있어. 지금은 쓸모없는 고철덩어리야."

"아버지가 저에게 조금이라도 격려해주거나 좋은 말을 했다면, 저도 아버지가 애지중지하는 존이나 마이크처럼 잘 해냈을 거예요. 하지만 아뇨! 아버지는 비난만하시잖아요! 좋게 말한 적이 단 한 번도 없잖아요. 단 한 번도요!" 조지는 일어나서 집을 뛰쳐나갔다.

헨리가 자신의 아내를 바라보자 그녀도 그를 마주보았다. 갑자기 그가 폭발했다. "왜 그런 식으로 쳐다보는 거야? 난 아무 말도 하지 않았어." 그가 일어나 거실에서 나가버렸다.

메리의 얼굴에는 당황한 기색이 역력했다. "이런 상황을 보게 해서 미안하구나." 그녀가 켄지에게 말했다.

"조지한테 가서 말해 볼게요." 켄지가 말했다.

"잘 모르겠어. 마이크가 해군에 입대한 뒤 조지와 헨리는 언제나 전쟁이야." 메리가 말했다.

켄지는 소파에서 일어나 집 밖으로 나가 헤비메탈음악 소리가 나지막하게 흘러나오고 있는 조지의 차를 향해 걸어갔다. 창문은 굳게 닫혀있었고 조지는 상상 속 기타로 강렬한 비트를 연주하는 척하고 있었다.

켄지는 방해가 되지는 않을지 잠시 주저했다. 그렇지만 조지가 누군가와 말할 상대가 필요할지도 모른다고 생각했다. 그는 굳게 닫힌 창문을 두드렸다. 조지는 계속 상상 속의 악기를 연주하고 있었다. 켄지는 다시 더 크게 두드렸다. 조지가 쳐다보았고, 음악을 끈 뒤 창문을 내렸다.

"뭐야?" 그가 외쳤다.

"말할 사람이 필요할 것 같아서……."

조지가 잠깐 침묵했다가 말했다. "좋아, 들어와."

켄지는 차를 빙 돌아서 조수석 문을 열고 들어갔다.

조지가 성난 목소리로 말했다. "할 말 있어? 해봐!"

"너 화났어?"

"아니, 기분 최고야!" 조지가 툭 내뱉었다.

켄지는 불편해하며 한마디 말도 없이 앉아있었다. 어떻게 말해야 할지 몰랐다. 켄지가 나가려는 순간, 조지가 그를 잡았다. "잠깐만,

생각해줘서 고마워. 마을로 드라이브 나가는 거 어때?"

"좋아, 그거 괜찮은 생각이네."

조지가 시동을 걸자, 요란한 엔진소리와 함께 거대한 흙먼지바람이 뿜어져 나왔다.

그들이 U.S. 루트 281에 접근했을 때 조지가 말했다. "'트위스티드 시스터' 좋아해?"

"전혀 못 들어봤어."

조지가 기분 나쁘게 큰 소리로 웃더니, 카세트플레이어에 테이프를 넣었다. 음악이 쾅쾅 울렸다. 켄지는 요란한 비트로 인해 문 안쪽 패널이 진동하는 것을 느꼈다. 그는 조지가 불쾌한 일이 있은 후에 차를 타는 것이 옳은지 의심하기 시작했다. 조지는 볼륨을 편안한 수준으로 줄였다. 그래도 말을 하려면 목소리를 높여야 했다.

"오늘 아침 일은 미안했어. 그런데 이제 더 이상 양보할 수 없어."

조지가 웃었다.

"넌 아버지가 정말로 싫은 거야?" 켄지가 물었다.

"이런 말 하고 싶지 않지만, 난 가끔 아버지가 정말 싫어. 가끔 존경하는 마음이 들기도 하지만."

"애증관계는 나도 마찬가지야."

조지가 음악을 껐다.

"사진첩에서 마이크와 존과 아버지가 트로피 따위를 들고 찍은 많은 사진들 기억나지?"

"응. 너도 매우 자랑스럽겠지."

"내가 상 받은 사진은 한 장도 없다는 것도 알았어?"

"아니. 몰랐어."

"마이크는 학교생활을 잘했어. 존도 훌륭했지. 하지만 난 공부에는 전혀 취미가 없었어."

"조지, 스스로 비하하지 마."

"아버지는 대학에서 장학금을 받을 수 있었지만 거절하셨어. 믿겨져?"

"왜 거절하셨어?"

"세계가 농업을 중심으로 돌아간다는 터무니없는 생각 때문이었지."

"농업이 중요하기는 하지."

"하지만 우리 아버진 너무 외골수로 매달리지. 너도 여기 있으면서 봤잖아. 안 그래? 아버지에게 점수 따고 싶으면, 농장일 얘기하면 돼. 존은 아버지 비위를 맞출 줄 알지."

"넌 아버지가 듣고 싶어 하는 게 뭔지 아는 것만으로도 다행인 줄 알아."

그랜드 아일랜드가 서서히 시야에 들어오기 시작했다.

"난 부츠 살 건데." 조지가 말했다. "넌 필요한 거 없어?"

"글쎄, 셔츠랑 신발 한 켤레 살까?"

"좋은 작업용 부츠를 아주 저렴하게 살 수 있는 곳이 있어."

K-마트에 주차한 뒤 조지와 켄은 함께 안으로 들어갔다.

"근데 너 돈이 넉넉하진 않다고 했잖아."

"그러고 보니 네 말이 맞네. 최대한 돈을 아껴야 해."

조지는 작업용 부츠를 한 켤레 샀다.

차로 돌아가는 길에 조지가 마을의 상가들과 주거지들이 형성되어 있는 곳을 가리켰다. 새로 지어진 건물들처럼 보였다. 가로수의 나무들은 부러지고 비틀어져 하늘을 향해 대못처럼 서 있었다. 나무 몇 그루는 죽어 있었다. 나무 몸통 한 귀퉁이에 살기남기 위해 발버둥 치며 돋아난 새순들이 보였다.

"이 년 전 강타한 토네이도로 다섯 명이 죽었어. 어떠한 재난을 당해도, 우리들은 다시 일어나지."

"매우 강한 사람들이군. 일본은 지진과 태풍으로 고통을 겪고 있어. 강한 바람과 쓰나미, 너도 알고 있지? 피해가 심각해."

"토네이도가 다가올 땐 마치 기차가 달려드는 느낌이야. 검고 거대한 회오리바람이 나무를 뿌리째 뽑아버리고, 집이든 차든 모든 것들을 장난감처럼 집어 삼키면서 다가와. 날씨가 매우 더울 때 정말 조심해야 해. 그 무렵이 바로 토네이도가 강타할 때거든."

수평선 위의 검은 구름을 바라보던 켄지는 불안해져서 조지에게로 돌아섰다.

"여기서 떠나자, 조지."

09

해가 저 멀리 중천에 떴을 무렵, 헨리와 존, 그리고 켄지는 관개호스를 감는 붉은색 이단 회전틀을 트랙터 뒤에 걸었다. 마치 커다란 요요가 옆으로 누워있는 것 같았다. 켄지는 손가락 마디로 수레바퀴처럼 생긴 빈 회전틀을 두드려 보았다. 단단한 강철로 만들어져 있었다. 모두들 야구 모자를 썼고, 흰색 티셔츠와 청바지를 입고 있었다.

"켄지, 저것들 모두 다 내 장난감이야." 헨리가 농가 안마당에 흩어져 있는 다양한 색채의 농기계들을 가리키며 자랑스럽게 말했다.

"거대한 놀이터네요."

갑자기 헨리가 트랙터로 걸어오고 있는 조지를 돌아봤다. 그는 카우보이모자를 쓰고 그림이 그려진 검정 티셔츠에 청바지를 입고 있었다. "바보같이 이런 더위에 검은색 셔츠를 입다니, 제 정신이냐? 검정 옷은 태양빛을 다 흡수한다고!"

조지는 아무 말도 하지 않았다.

일부러 아버지를 화나게 하려고 그런 옷을 입은 듯 했다.

"오늘도 살인적 더위야." 존이 손등으로 이마의 땀을 닦으며 말했다.

"하늘이 아름다워." 켄지가 올려다보며 말했다.

"아름다운 벽이나 봐." 조지가 집 창문 위에 움푹 팬 자국들을 가리키며 조롱했다. 포탄이라도 맞은 것처럼 보였다.

"저공비행 제트전투기가 공격했던 것처럼 보이는데." 켄지가 과장된 말투로 말했다.

"응. 그 요란한 소리를 들으면 전쟁이 났다는 생각이 들 거야."

"하늘은 정말 고요해 보이는데." 켄지가 말했다.

"기습 공격은 늘 고요함과 붙어 다니지." 조지가 말했다.

"오, 정말 말이 많구나!" 헨리는 소리쳤다. 그는 자신이 겪어온 재앙들을 잊고 싶었다.

"켄지, 포커 칠 줄 알아?" 존이 화제를 바꾸려고 물었다.

"아니. 어떻게 하는지 몰라."

모두들 트랙터 위로 올라탔다. 헨리는 시동을 걸었다. 켄지는 왼쪽 펜더 위에 존과 함께 앉았고, 조지는 오른쪽 펜더 위에 혼자 앉았다. 켄지는 태양빛으로 뜨거워진 펜더의 열기를 느꼈다.

트랙터는 뒤쪽의 회전틀을 끌고, 천천히 옥수수밭으로 향했다. 마치 자신이 가야 할 길을 아는 소들처럼 움직였다.

그들은 낡고 색 바랜 트랙터 앞을 지나가고 있었다. 타이어는 바람이 빠져있었고, 주위에는 마치 폭발한 것처럼 부품들이 흩어져 있었다. 헨리가 조지에게 큰소리로 외쳤다. 시끄러운 엔진소리 때문이었다. "저 트랙터 수리는 언제 끝낼 거야?"

"이번 달 안으로 끝낼 수 있을 거예요." 조지도 소리쳤다.

"'디어'같이 뛰어야 돼. 그리고 바퀴는 빨갛게, 몸체는 녹색으로 칠하는 거 잊지 마!"

헨리가 소리쳤다.

"알고 있어요. 제 손을 거치고 나면 아주 멋지게 보일 거예요!" 조지가 대답했다. 그는 기계를 잘 다루는 능력을 매우 자랑스럽게 생각하는 것 같았다.

"그렇게 돼야지." 그의 아버지가 대답했다.

"켄지, '네브라스카'의 뜻을 알아?" 존이 물었다.

"몰라. 뭔데?"

"지루하다는 뜻이야." 조지가 대답했다.

"이곳 원주민들 말로 '평편한 물'이라는 의미래." 존이 말했다.

"인디언들은 자연과 더불어 살았다고 들었어." 켄지가 말했다.

그들이 옥수수밭 가까이로 갔을 때, 헨리는 기뻐하며 소리쳤다. "옥수수알들 좀 봐라! 점점 커지고 있어!"

뜨거운 태양 아래 윤기 나는 녹색 잎사귀들이 빛났고, 푸른 껍질에 단단히 감싸여 있는 옥수수는 잘 여물어가고 있었다.

"하루가 다르게 자라는데!" 존이 열광하며 말했다.

"올해는 상상할 수 없을 정도로 풍년이 될 거야!" 헨리가 굵은 목소리로 대답했다.

"삼년 내내 같은 말씀을 하시는 군요. 하지만 매년 우박에 패배했죠." 조지가 비웃으며 말했다. "한 번만 더 오면, 파티는 모두 끝이라고요!"

"시끄러워! 넌 지나치게 비관적이야!" 헨리가 화를 냈다.

"옥수수의 단내가 정말 좋은데요." 켄지가 깊게 숨을 들이쉬면서 말했다. "냄새 정말 죽인다."

조지는 별 감흥 없이 지루해하며 트랙터에서 옥수수밭의 고운 흙 위로 뛰어내렸다. 그는 세워져 있는 노란 트랙터로 걸어갔다. 트랙터 뒤에는 워터건 트래블러가 연결되어 있었다. 조지는 혼자 워터건과 트랙터를 연결하고 있는 케이블을 풀었다.

헨리와 켄지, 그리고 존은 원래 타고 있던 트랙터로 진흙길을 따라 내려갔다. 존은 다른 펜더에 옮겨 앉았다. 켄지는 노란 트랙터에 올라타는 조지를 돌아봤다. 그는 시동을 켜고, 능숙한 솜씨로 적절한 위치에 워터건 트래블러를 놓았다. "끝내주게 잘하는데."

"농부가 할 일은 제대로 알고 있으니까." 존이 말했다.

"녀석은 다만 농장일 하는 것을 싫어할 뿐이야." 헨리가 투덜거렸다.

밭길에는 지난 날 트랙터가 남긴 많은 바퀴자국들이 선명하게 남아 있었다. 새로운 바퀴자국이 오래된 자국 위로 포개졌다.

메뚜기떼가 트랙터가 지나가는 길 양옆에서 미친 듯이 날뛰기 시작했다. 큰 초록메뚜기 한 마리가 트랙터의 뜨거운 엔진 위로 뛰어오르더니, 마치 장식품처럼 앉아 있었다. 메뚜기와 켄지는 잠시 서로로 노려보았다. 그러더니 메뚜기는 곧 노란날개로 스스슥, 떠는 소리를 내며 트랙터에서 뛰어내렸다.

"저 구름은 조지가 학교에서 만든 현대적 조각상 같아." 켄지가 손으로 하늘을 가리켰다.

"저거 말하는 건가?" 헨리가 가리켰다.

"아니, 저거요." 켄지가 다시 가리켰다.

"너 혹시 쟤 방에 있는 엉터리 같은 것 말하는 거냐?"

"네."

헨리가 트랙터를 멈췄다. 그러고 나서 모두들 트랙터에서 내렸다.

헨리가 연료조절기로 속도를 높였다 낮췄다 조절하는 동안 켄지와 존은 장화가 푹푹 빠지는 진창길 위에서 손을 바쁘게 움직였다. 그들은 무거운 고무파이프의 연결부를 걸었다 풀었다 하며, 반복해서 샤프트를 연결하고 분리하는 작업을 했다.

헨리가 연료조절기로 엔진속도를 올리자 회전틀 중 하나가 천천히 돌기 시작했다. 엔진이 점점 더 힘차게 돌면서, 쪼그라진 굵은 고무파이프가 회전틀에 빽빽하게 감기기 시작했다.

이어지는 엔진소리가 밭의 고요함을 깨뜨렸다. 켄지는 머리 위로 높이 날아가는 소형 비행기 소리도 들을 수 있었다. 비행기는 구름 속으로 들어갔다 나타났다 하며, 옥수수밭에 그림자를 드리웠다.

고무파이프가 회전틀에 빽빽하게 감기자, 헨리는 운전석에 올라탔고, 존과 켄지는 펜더에 걸터앉았다. 그리고 트랙터는 또다시 회전틀을 뒤에 단 채 밭길을 따라 움직이기 시작했다.

캘리포니아에서의 대학생활은 다른 세상 일 같았다. 펜더에 앉아 부츠에 묻은 흙을 털면서 켄지는 문득 자신이 예전부터 네브라스카에서 농장생활을 해온 것처럼 느꼈다.

멀리 조지의 트랙터 배기관에서 나오는 연기가 푸른 옥수수 바다를 가로 지르는 게 보였다. 조지는 메마른 옥수수밭길을 따라 워터건의 케이블을 당기고 있었다.

"이런 작업을 매일 해야 하나요?" 켄지가 물었다.

"다른 방법이 있겠나?" 헨리가 대답했다. "이렇게 살인적 태양 아래서는 하루도 거를 수 없지."

옥수수밭 한가운데 메마른 밭길에 도착하자 헨리는 트랙터를 멈추었고, 존은 뛰어내렸다. 트랙터가 천천히 후진하는 동안에, 존은 고무파이프 끝에 관개파이프를 연결했다.

"농작물은 농장과 농부 없이도 자랄 수 있지만 물 없이는 자랄 수 없는 법이야! 우린 물과 태양이 필요해! 둘이 조화를 이뤄 농작물을 키우는 거야. 물과 태양이 많을수록 식물은 쑥쑥 자라지." 켄지와 함께 지하수가 있는 곳으로 향하면서, 헨리는 고용주가 아닌 선생처럼 말했다.

켄지는 태양과 흙, 그리고 물은 하나가 되어야 한다는 것을 배웠다. 헨리는 세 가지 중 두 가지는 통제할 수 있었지만, 한 가지 만큼은 아니었다. 그 하나에 대해서는 겸허하게 참고 견디는 수밖에 없었다.

지하수가 있는 곳에 도달했을 때, 모두 트랙터에서 내렸다. 무성히 자란 키 큰 풀들이 지하수 위에 설치된 모터 주위를 둘러싸고 있었다. 기름 냄새와 달콤한 옥수수 향기가 서로 뒤섞였다.

헨리는 주머니에서 열쇠다발을 꺼내 하나를 골랐다. 그리고 열쇠를 돌려 시동을 걸면서 모터의 버튼을 눌렀다. 엔진소리가 들판의 적막을 산산조각 냈다. 모터는 굉음과 함께 땅 속 깊은 곳으로부터 물을 끌어올렸다.

"켄지, 저것 봐!" 헨리가 연료조절기로 엔진의 속도와 힘을 높이며 말했다.

멀리 옥수수밭 위로, 하얀 물줄기가 푸른 하늘로 힘차게 솟구친 뒤 부드럽게 땅으로 내려앉았다.

헨리는 모터 옆에 있는 지하수와 연결된 쇠파이프 위로 몸을 구부려 녹슨 수도꼭지를 집어 올렸다. 그것을 색이 변한 수도관에 끼워 넣고 돌리자 갑자기 차갑고 굵은 물줄기가 쏟아져 나오기 시작했다. 헨리는 모자를 벗고 몸을 더 깊숙이 구부려 물을 들이마신 뒤 얼굴과 머리에 끼얹었다.

"엄청나군. 켄지, 자네도 마셔볼 텐가?" 헨리가 일어서며 말했다. 그는 오른손으로 자신의 회색 상고머리 위로 물을 흩뿌렸다.

"얼음장같이 차갑네요!" 켄지도 헨리와 같은 식으로 물을 마셨다. 차가운 물이 그의 몸속으로 흘러드는 것이 느껴졌다. 그러고 나서 그 또한 얼굴에 물을 흩뿌렸다.

"켄지, 이렇게 맑고 신선한 물은 마셔본 적 없지? 우물 바닥에 자갈들이 많이 있어서 그런 거야. 약 150피트 깊이로부터 나오지. 참 좋은 물이야."

"언젠가는 물이 마를까요?"

"천만에. 깊은 지하층에는 이 주 전체를 34피트의 깊이로 삼킬 만큼 충분한 물이 있다고 들었어. 끌어올리는 게 비싸긴 하지만, 필요하면 얻을 순 있지."

"그래서 온통 초록색이군요." 켄지가 말했다.

"비는 더 좋고 경제적이긴 하지만 항상 비에 의존할 수는 없어. 어떤 때는 비가 너무 안 오고, 어떤 때는 너무 많이 오니까. 두 경우 모두 도움이 안 돼. 2년 전에는 비가 너무 많이 와서 농사를 망쳤어. 그래서 여름 내내 물을 공급할 필요가 없었지. 아주 수월한 여름이었어. 하지만 햇빛이 충분하지 않아 옥수수가 너무 작았어. 물이 필요하면 워터건을 이용해 언제든지 얻을 수 있다는 건, 신에게 얼마나 감사한 일인지 모른다."

"훌륭한 전사이시군요."

"성공할 가능성이 가장 높은 농작물 생산이 관개가 된 지역에서만 가능하다고 믿는다면, 농부는 가뭄에 저항해야 돼." 헨리가 자신 있게 말했다. "물론 결과가 어떤지 보기 전에는 아무 의미도 없지." 그는 인정했다. 갑자기 그의 얼굴이 어두워졌다.

켄지는 화제를 바꾸었다. "홍수보다 가뭄이 나은가요?"

"어려운 질문이군. 물을 빼는 것보다는 공급하는 게 훨씬 쉽다고 할 수 있지."

헨리는 켄지를 데리고 줄지어 서 있는 옥수수들을 지나 밭 깊숙이 들어갔다. 켄지는 아무 자국도 없는 고운 흙 밑으로 발이 빨려 들어가는 것을 느꼈다.

"좋은 밭이지 않나? 잡초 하나 없잖아!" 농부는 걸으면서 오른발 안쪽으로 땅 위에 떨어져 있는 지푸라기들을 살짝 밀어냈다.

켄지는 그 뒤를 따라가며 자라나는 옥수수 몇 줄기들을 만져보았다. 견고함과 탄력이 전해져 왔다. 또한 분홍빛이 감도는 초록색 뿌리들이 땅속 깊이 박혀 있는 것도 느낄 수 있었다.

헨리는 걸음을 멈추더니, 긴 줄기에서 큼지막한 옥수수 하나를 땄다.

"어떤가? 아름답지!" 그는 단단하게 감싸고 있는 껍질을 벗겨 낸 후에 속살을 드러낸 옥수수를 켄지에게 건넸다. 켄지는 코에 옥수수를 가까이 댄 후 숨을 들이켰다. "달콤한 향에 취할 것 같아요."

"옥수수는 다른 꽃의 꽃가루로 수정이 되는 식물이야. 아주 작고 노란 꽃가루가 바람에 날아와 옥수수수염에 떨어지지. 꽃가루는 남성이고, 수염은 여성인 셈이야."

헨리는 다시 선생 같은 태도를 보였다.

그는 걸으면서 올해 옥수수가 얼마나 잘 자랄 것인지, 흙이 얼마나 비옥한지 귀가 따갑도록 되뇌었다. 그는 허리를 굽혀 큰손에 흙을 한줌 움켜쥐더니 덩어리를 만들었다. 그 덩어리를 주물럭거리며 흙이 한 번도 자신을 배반한 적이 없음을 생각했다.

켄지도 흙을 조금 움켜쥐어 보았다. 따뜻하고 고운 흑설탕 같았다. 그러자 모기들이 갑작스럽게 모여들어 켄지는 손을 바삐 흔들어야

했다.

"땅이 항상 축축해서 모기들이 번식하기에 가장 적합한 장소지. 모기들은 나를 괴롭힐 생각이 없는 것 같아. 내 피를 별로 안 좋아하더군. 아마 네 피가 맛있는 모양이다."

그들이 워터건에 가까이 갔을 무렵, 물이 뿌려지는 소리가 들렸다.

"소나기가 온다!" 헨리가 말하며 미소 지었다.

그들은 물을 피하기 위해 재빨리 워터건 트래블러 바로 밑으로 달려갔다. 워터건 주위는 온통 물로 흠뻑 젖어 있었다.

"켄지, 조심해! 물이 나오는 출구에 손을 대면 손이 잘릴 수도 있어." 헨리가 위쪽을 가리키며 경고했다.

옥수수밭에 물을 계속 뿌리면서, 워터건은 동일한 속도로 원을 한 번 그리고 빠르게 원점으로 돌아와 다시 원을 그렸다. 쉬-쉬-쉬-쉬-쉬-쉬-쉬- 소리가 또 다시 들렸다. 무거운 금속막대기가 워터건 입구에서 규칙적이고 강하게 물줄기를 내뿜었다. 워터건 트래블러는 노란 트랙터에 연결된 와이어에 이끌려 농로를 따라 달팽이처럼 천천히 움직였다. 기름투성이인 와이어를 원통 안으로 감아가면서 물을 뿌렸다.

"물이 이쪽으로 오네요." 켄지가 말했다.

"여기서 나가자."

헨리와 켄지는 서둘러 옥수수밭을 통해 그곳을 빠져나왔다. 뒤돌아보자, 초록색 들판 위에 거대한 무지개가 떠 있었다. 하늘에서 무지개가 미소 짓는 것처럼 보인다고, 켄지는 생각했다.

10

점심식사를 마치고 조지는 켄지를 데리고 '잭'의 정비소로 갔다. 켄지는 자신이 맡긴 포르셰를 보았다. 엔진수납부는 비어있었고, 엔진은 마치 심장수술을 받고 있는 환자처럼 점검을 받기 위해 분해된 상태로 밖에 놓여있었다.

조지는 창문 너머 사탕가게를 바라보는 어린아이처럼 차를 들여다보고 있었다.

"자네는 운이 매우 좋군." 머리카락이 짧은 정비사가 켄지에게 말했다.

"자세히 살펴봤는데, 엔진의 일부 부품만 바꾸면 별 문제 없겠어."

켄지는 마음이 놓였다. "비용이 어느 정도 될까요?"

"아직 정확한 견적이 나오진 않았지만, 교환하는 것까지 해서 아마 600달러 정도 될 거야."

가격은 예상했던 것보다 적었지만, 켄지의 마음은 여전히 착잡했다. 그는 지갑을 꺼내어 가지고 있는 돈을 세어 보았다. 870달러의 여행자 수표와 25달러의 현금이 있었다. 켄지는 헨리한테서 받을 돈과 가지고 있는 돈을 함께 계산해 보았다. 계속해서 여행을 할 수 있을 것 같았다. 그는 안도의 한숨을 쉬었다.

"수리하는 데 얼마나 걸릴까요?"

"대략 1~3주 정도 걸려. 얼마나 빨리 부품을 구할 수 있는지에 달려 있긴 하지만."

"야, 켄지. 차 다 고치면, 내가 한번 몰아 봐도 돼?" 조지가 물었다.

"내 차 아니야, 조지."

켄지는 전화부스로 가서 잉가에게 전화했다.

"여보세요." 그녀의 낭랑한 목소리가 수화기에 울렸다.

"안녕, 잉가."

"오, 켄지! 뉴욕에서 전화하는 거야?"

"아니, 차에…… 문제가 생겼어. 내가…….."

"거기에 얼마나 있을 거 같은데?"

"몇 주정도 있을 듯 해."

"차 수리할 돈은 있어?"

"생각 없이 돈을 쓰지만 않으면 수리비 일부를 지불할 수 있어. 그리고 앞으로 돈을 좀 벌 거야."

"도움이 필요하면 알려줘."

켄지는 자유롭기 위해 불안정한 삶을 얼마든지 견뎌낼 수 있는 사람이었다.

"잉가, 나는 아버지 때문에 머리가 아파."

"무슨 일 있었어?"

"학교를 그만두고 일본으로 돌아가야 할지도 몰라."

"왜 갑자기? 이번이 마지막 학년이잖아. 안 그래?"

"응. 어쩔 수가 없어. 아버지께서 우리가 헤어지지 않으면 더 이상 돈을 보내지 않는다고 하셔."

"너무하시네. 우리가 어떻게 해야 할지 생각해 볼게."

"내년 등록금을 못 내면 학교를 그만둬야 해. 그러면 학생비자도 무효가 될 거야."

"만약 아버지가 등록금을 내주시지 않는다고 하면, 내가 학교를 그만두고 일을 할게. 그럼 마지막 학년을 끝낼 수 있을 거야. 내겐 별 거 아냐."

켄지는 잉가만큼 배려하는 마음이 깊은 여자를 만나본 적이 없다고 생각했다. 잉가가 그를 사랑한다는 것이 기뻤다. 그러나 그녀가 학교를 그만 두는 것은 바라지 않았다.

"그건 정말 고마워, 잉가. 하지만 난 네가 학교를 그만 두는 건 원하지 않아. 단 일 년도."

"하지만 널 정말 돕고 싶어."

"아마 일본으로 돌아가야만 할 거야. 반드시 내가 아버지의 생각을 바꿔볼게."

"등록금은 걱정 마. 돌아오면 다시 얘기하자. 사랑해."

"나도 사랑해."

"차가 잘 수리되길 바랄게. 어떻게 되어 가는지 계속 연락 줘, 켄지."

"알겠어, 안녕."

켄지는 전화를 끊고 조지의 차에 올라탔다.

마을에서 돌아 온 후, 켄지와 조지는 당구를 치러 시원한 지하실로 내려갔다. 넓은 초록색의 당구대가 지하실 한가운데 놓여있었다. 벽 앞에는 세 개의 커다란 냉동고가 나란히 서 있었고, 그 안에는 고기가 꽉 차 있었다.

조지는 자신 있게 당구 큐를 잡았다. 그리고 존을 돌아보았다. "야, 여기서 나가! 꼬맹아."

존의 얼굴이 빨개졌다. "입 다물어! 떠벌이야!" 그는 잠시 머뭇거리다가 계단을 올라 지하실 밖으로 나갔다.

"저 녀석은 평생 이 빌어먹을 농장에 남아 있겠지. 하지만 난 할 수만 있으면 곧 이곳을 뜰 거야."

"어디로 갈 계획인데?" 큐 끝에 초크를 문지르며 켄지가 물었다.

"농장에 관해 이야기하지 않는 곳이면 어디든지."

"마이크처럼 해군에 가고 싶지는 않아?"

"무슨 소리야? 지금까지 견딜 수 있는 명령이란 명령은 다 받아봤어. 어떻게 더 이상 명령을 받고 살겠어. 해군은 말도 꺼내지 마." 조지가 말했다. 그가 당구공들을 가운데로 모아 정렬했다. 켄지가 큐로 볼들을 흩트렸다.

"너도 알잖아, 켄지. 나는……." 조지가 공을 치며 말했다. 공이 포켓에 들어가고 있었다. "……캘리포니아, 내가 알기론 틀림없이 서핑하기에 좋은 곳이 많아. 그렇지?"

"특히 말리부해변이 좋지."

그때 헨리가 부탁했던 말이 생각나서 켄지는 조지의 입만 바라보았다. 그는 잠시 말을 멈췄다가 덧붙였다. "네 아버지께서 캘리포니아에 관해서 너한테 말하지 말라고 하시더라."

"그럴 줄 알았다. 제기랄! 아버지는 내가 이곳을 떠나는 게 두려울 테지."

"조지, 나도 아버지랑 같은 문제가 있었어. 내가 이곳에 오는 것을 원하지 않으셨지. 내가 우겨서 왔어."

"아무 말 없이 떠나야해. 그렇지만 마이크가 떠난 후에는 아버지께 짐을 맡기고 가는 것 같아서 마음이 내키지 않아. 그래도 네가 여기에 머물고 있으면……."

"난 경험도 없고……. 이곳에는 잠시 머무는 것일 뿐이야."

"나도 알아. 내 말 좀 들어봐. 이 지옥 불구덩이에서 일하는 것이 아니라면 뭐든지 좋아. 너도 곧 알게 될 거야."

"내가 어떤 선택을 할 수 있겠어?"

"켄지, 너 부모님한테 돈을 좀 받을 수 있어?"

"그럴 수도 있고, 아닐 수도 있고."

"돈을 받을 수 없다면, 여기 좀 오래 머무는 건 어때?"

"글쎄. 나도 계획이 있으니까."

"그럼, 잉가는? 잉가랑 결혼할 거야?"

"잘 모르겠어. 그렇지만 잉가를 사랑해. 잉가를 영원히 보지 않는 건 죽는 것과 다름없어."

"그럼 결혼하는 게 어때?"

"그렇게 하고 싶지만 아버지께서 완강하게 반대해."

"아버지가 잉가를 만나본 적 있으셔?"

"아니. 일본을 떠난 적 없어."

"네 아버지는 진짜 얼간이 같아."

"그렇지 않아. 단지 보수적일 뿐이야."

"우리 아버지는 도시 여자애들을 안 좋아하지. 그렇다고 해서 리사와 나의 사랑을 막을 수는 없지. 그건 아버지도 알고 계셔. 켄지, 내 생각에 넌 아버지의 사고방식에 맞서서 단호한 태도를 취해야 해. 아버지에게 스스로 결정할 수 있다는 것을 보여줘야 해."

"그렇지만 아버지에 대한 존경심을 잃고 싶진 않아."

"난 존경심을 잃어버린 지 오래됐어. 우리 아버지도 이미 날 포기했고. 아버지를 이해해보려고 노력했지만, 더 이상은 무리야. 나를 일용직 노동자로밖에 생각하지 않아."

"내가 잉가를 좋아하면 할수록, 아버지는 나를 더욱 싫어하게 되는 거 같아."

"네 마음을 속일 수는 없잖아. 그렇지 않아?"

짧은 휴식을 취한 뒤 모두들 일과로 돌아갔다. 조지가 낡은 트랙터를 수리하는 동안 켄지는 헛간을 청소했다. 존은 송아지 우리를 치웠고 헨리는 소들에게 줄 옥수숫대를 잘랐다. 메리도 집안을 정리했다.

해가 넘어갈 무렵, 그들은 다시 우유를 짜기 시작했다. 일을 마치고 그들은 집으로 향했다.

"켄지, 네 아버지를 얼간이라고 말했던 거 사과할게. 진심은 아니었어."

"괜찮아, 틀린 말은 아니지."

11

메리가 일을 하려고 막 헛간으로 들어왔다. 잠시 후, 갑자기 음악이 로큰롤에서 컨트리로 바뀌었다.

헨리가 들어와 조지에게 화를 냈다. 그러나 조지는 오늘 아침에도 아무 대꾸 없이 묵묵히 일에 몰두했다. 그동안 운이 따라주지 않았고 최근 농장일이 어려워졌기 때문에 헨리가 유독 조지에게 불만을 드러내는 것이라고 켄지는 생각했다.

헨리가 사활을 걸고 지켜내려는 모든 것에 반항하는 조지는 헨리의 가장 적합한 화풀이 상대였다.

착유를 마치고, 조지와 켄지는 환하게 빛나고 있는 백열전구 아래에서 소들이 새로 싼 소똥으로 가득 찬 뒤쪽 헛간을 치우고 있었다.

켄지는 마치 수용소에서 노동하고 있는 수감자가 된 느낌이었다. 켄지와 서로 마음이 통하는 조지도 비슷한 기분이었다. 땀에 흠뻑 젖은 티셔츠는 그들의 고단한 영혼에 달라붙어 있었다. 마침내 소의 울음소리, 새의 노랫소리 그리고 고요함의 소리는 조화를 이루어 영원히 사라지지 않을 대지의 언어로 다가왔다.

요란한 트랙터의 엔진소리와 쇠를 갈아내는 듯한 변속기의 마찰소리가 아침의 정적을 거칠게 깨뜨렸다. 헨리는 헛간에서 퍼낸 거름을 적재기로 빠르고 능숙하게 산더미처럼 쌓아 올렸다. 트랙터의 변속기를 움직여 거대한 삽날을 앞뒤로 움직였다. 그리고 거름을 가득 담은 삽날을 들어 올려 노련하게 분쇄기 속으로 떨어뜨렸다. 분쇄기가 연결된 트랙터에는 존이 앉아 있었다. 노랑나비 한 마리가 호밀빵같이 구워진 거름 위에 잠시 내려앉았다가 유유히 날아갔다. 헨리는 계속 배설물을 퍼서 거름분쇄기에 넣었다. 존은 거름분쇄기를 끌고 텅 빈 옥수수밭으로 향했다. 그는 아름다운 봄을 꿈꾸며 거름을 뿌렸다.

오전 일과로 땀에 흠뻑 젖은 그들은 몸을 씻고 나서 푸짐한 식사를 했다.

12

점심식사를 즐기고 있을 때였다. 창밖을 내다보던 존이 마당을 돌아다니는 돼지들을 발견하고 소리쳤다. "돼지가 풀려났어!"

헨리가 의자를 박차고 일어나 테이블에 물잔을 세게 내려놓았다. "조지! 이 바보 같은 녀석아. 돼지들을 왜 풀어놓은 거야?"

"무슨 말이에요?" 조지가 되받아쳤다. "내가 왜 그런 짓을 했겠어요! 자기들이 나온 거지!"

"허튼 소리 하지 마! 그래서 늦게 들어온 거군." 헨리가 말했다. "뭣들 하고 있어! 어서 나가서 저 놈들을 몰아넣어야지!"

헨리는 조지를 믿지 않는 것 같았다. 누구 잘못인지는 나중에 밝힐 수 있을 테고 지금 가장 중요한 것은 돼지들을 잡는 일이었다.

켄지는 농장생활이 그가 상상한 것만큼 쉽거나 예측할 수 있는 일이 아니라는 사실을 깨달으며 다른 이들과 함께 밖으로 나갔다.

켄지는 상황이 긴급한데도 헨리의 가족이 신속하고 효율적으로 움직이는 것을 보고 놀랐다. 이전에도 이런 상황을 겪었음에 틀림없었다. 그렇다고 해서 화가 나서 얼굴이 빨갛게 달아오른 헨리를 진정시킬 수 있는 것은 아니었다. 모두들 어떻게 대처해야 할지 알고 있는 듯했다. 가족 모두가 재빨리 들판으로 나가 탈출한 돼지들을 쫓았다. 헨리는 전쟁 중의 지휘관이 군대를 지휘하듯 지시를 내렸다.

"존, 너랑 조지는 저쪽으로 가라. 켄지, 넌 이쪽으로 나를 따라와." 헨리가 진입로를 따라 내려가며 지시했다. 켄지는 매우 놀랐다. 몸집과 나이에 어울리지 않게 헨리는 민첩했다. 오히려 켄지가 그를 따라잡기가 힘들었다.

"한마리가 하이웨이로 가고 있어!" 헨리가 뒤따르던 켄지에게 소리쳤다. "저 녀석은 올드스모키야. 저놈이 울타리를 부수고 이런 소동을 일으켰을 거야." 켄지는 저 멀리 바위처럼 거대한 잿빛 돼지가 달아나고 있는 것을 보았다.

"저기 있잖아!" 헨리가 외쳤다.

헨리는 켄지가 올 때까지 기다렸다가 함께 천천히 올드스모키 쪽으로 다가갔다.

"이제 너는 올드스모키 십 미터쯤 앞에 가서 고함을 지르고 펄쩍펄쩍 뛰면서 겁을 줘. 그 녀석이 잠시 주춤하면 내가 잡을 거야. 그렇지만 녀석에게 들이받히지 않도록 조심해야 해."

켄지가 동의하며 고개를 끄덕였다. 그리고 돼지를 앞질러 뛰기 시작했다. 돼지는 집짐승이라기보다는 하마같이 보였다. 켄지는 그 앞에서 열 걸음 정도를 남기고 멈추어 펄쩍펄쩍 뛰었다. 그는 돼지에게 일본어로 소리쳤다. "부타 야로(뚱뚱한 돼지야)!" 헨리는 그 말을 이해할 수 없었고 돼지도 마찬가지였다. 올드스모키는 그 자리에 얼어붙었다. 헨리는 돼지 등 뒤로 달려들어 귀를 움켜잡았다. 모욕적인 일본어의 덫에 걸려든 돼지는 사납게 뒷발질을 했지만 소용없었다.

"돼지를 잡는 유일한 방법은……." 헨리가 시범을 보이며 설명했다. "귀를 붙잡는 거야. 너무 세게 비틀 필요는 없어. 무지 예민하거든."

올드스모키는 화가 나서 킁킁거렸고, 켄지는 자기가 돼지 귀를 비트는 일을 하지 않아 다행이라고 생각했다.

"존이랑 조지도 지금쯤 다른 돼지들을 잡았을까요?" 켄지가 물었다.

"지금쯤이면 두세 마리는 잡았어야 해. 망할 놈의 돼지들이 옥수수밭을 망쳐버리기 전에 빨리 나머지를 잡아야지."

"전부 몇 마리예요?"

"일곱 마리." 헨리는 올드스모키를 우리로 몰기 시작했다. "난 이 녀석을 제자리에 돌려놓고, 돼지우리를 수리할거야."

덩치 큰 녀석 하나가 그들을 쏜살같이 지나 옥수수밭으로 들어갔다.

"저기 다른 한 마리가 있다, 켄지! 가서 잡아와. 귀 잡는 거 잊지 마!"

켄지는 헨리가 일러준 대로 했다. 그는 자기가 잡은 돼지에 대해 두 가지 특징을 알 수 있었다. 그것은 올드스모키만큼 덩치가 크지도 않고 빠르지도 않다는 것. 켄지가 가까이 가자마자 돼지는 올림픽 단거리 선수처럼 옥수수밭 한복판을 질주했다. 헨리는 그 모든 것이 매우 단순한 일이라는 듯이 말했다. 돼지와 나란히 달리다가, 덮치고, 귀를 붙잡아. 프레스토! 완벽해! 그러나 켄지는 여러 가지 난관에 부딪쳤다. 무엇보다도 돼지가 무척 빨랐다. 더 중요한 것은 그 돼지는 올드스모키보다 더 심술궂게 보였다. 켄지는 들은 대로 하려고 했지만, 옥수수밭 고랑이 너무 좁아서 돼지를 앞지를 수 없었다. 켄지는 다른 방법을 생각해냈다. 옆줄에 있는 돼지를 지나쳐 몇 그루의 옥수수 뒤에서 기다렸다가 돼지가 지나갈 때 뛰어들기로 했다. 켄지가 돼지를 잡으려고 손을 내밀자, 돼지가 코로 그의 손을 아프게 치고 달아났다. 그러고 나서 돼지는 옥수수밭을 가로질러 자라나는 초록 줄기들을 짓밟으며 다른 방향으로 뛰어갔다. 옥수수 줄기들은 마치 잔디 깎는 기계에 잘려나가는 풀잎들처럼 부러졌다. 켄지는 돼지를 잡기도 전에 헨리의 밭 전체를 망가뜨리고 비난받고 있는 자신의 모습을 떠올렸다. 쑥대밭이 되기 전에 기필코 저 돼지를 잡아야 한다고 켄지는 생각했다. 다행히 돼지가 긴 옥수수 고랑을 따라 도망갔기 때문에 옥수수 줄기가 더 이상 망가지지는 않았다. 그러나 돼지 코가 손을 다치게 할 정도면, 날카로운 굽을 가진 발은 더더욱 조심해야 할 일이었다. 켄지는 마치 사우나에서 나온 것처럼 땀에 흠뻑 젖었다. 그는 숨을 헐떡였다. 그러나 돼지도 마찬가지였다. 돼지는 달리기에 익숙하지 않았다.

켄지는 돼지와 평행으로 달렸다. 만약 돼지의 둥글 넙적한 등에 올라타면, 귀를 붙잡을 때까지 잠시 매달릴 수 있을 것이라고 생각했다. 그러면 돼지가 멈출 것이다. 충분히 가능해 보였다. 그는 몇 미터를 돌진하다가 돼지의 넓은 회색 등을 감쌌다. 여기까지는 좋았다. 그러나 켄지는 상황을 통제할 수 없었다. 그저 질질 끌려갈 뿐이었다. 게다가 그의 손은 돼지의 머리가 아니라 엉덩이에 놓여 있었다. 켄지는 몸의 방향을 바꿨다.

마침내, 켄지는 주도권을 잡은 듯 했다. 돼지에게는 달갑지 않은 일이었다. 돼지는 켄지를 등에 업은 채 자라나고 있는 옥수수 줄기 사이를 장난스럽게 뛰어 다녔다. 켄지는 드디어 돼지의 등을 완벽히 감쌌다. 갑자기 재미있는 상황이 되었다. 켄지는 말을 타본 적이 없었지만 이 상황이 그와 비슷할 것이라고 생각했다. 옥수수 줄기는 계속해서 뒤로 사라지고 있었고, 켄지는 사람들이 말 타는 것을 좋아하는 이유를 이해했다. 하지만 중요한 것은 돼지를 멈추게 하는 것이었다. 그는 돼지의 귀를 꽉 비틀었다. 돼지는 꽤액 소리를 질렀다. 예상대로 돼지는 멈춰 섰다. 켄지는 튕겨나갔다.

돼지가 비명을 지르며 멀리 달아나는 동안 켄지는 땅에 엎어져 있었다. 그때 날카로운 파열음이 들렸다. 그 소리는 한 번 더 울렸다. 총소리 같기도 했고, 엔진의 폭발음 같기도 했다. 더 시끄럽고 더 무시무시한 소리였다. 켄지의 코는 여전히 땅에 박혀 있었다. 그는 자신이 총에 맞아 죽어가고 있다고 생각했다. 네브라스카 옥수수밭에서 죽기 위해 일본을 떠났다는 것은 뭔가 이상했다. 미국은 위험한 곳이라고 말했던 어머니가 옳았다. 왼쪽 머리가 아팠다. 손으로 만져보았다. 피였다! 머리에 총을 맞은 거란 말인가?

상처를 다시 만져보았다. 피가 묻었다. 하지만 구멍이나 큰 상처는 없었다. 탕! 그는 머리를 땅속에 파묻었다. 무엇인가 그의 몸을 뛰어넘어간 느낌이 들었다. 돼지가 아니었다. 너무 가벼웠다. 사람도 아니었다. 역시 너무 작았다. 눈을 뜨고 머리를 들어올렸다. 보기가 두려웠다. 그의 마음을 꿰뚫어 보고 있는 듯한 고양이의 눈이 보였다. 고양이는 마치 함께 놀자는 듯 가르랑거리고 있었다.

"내가 총에 맞은 거 못 봤어?" 켄지가 고양이에게 물었다.

고양이는 그가 죽어가는 장면에 별로 흥미를 느끼지 못하는 것처럼 보였다.

켄지는 손으로 머리 옆 부분을 다시 만져보았다. 또 한 번 손에 피가 조금 묻어났다. 총에 맞은 게 아니었던 걸까? 그는 일어나 앉아서 주위를 둘러보았다. 땅에도 어깨에도 핏자국은 없었다. 손이 약간 아팠지만, 별건 아니었다. 이제 알겠어, 켄지? 옥수수 대에 머리가 스친 것뿐이야. 그는 자신이 취한 과도하게 극적인 행동에 대해 웃고 말았다. 그러면 누가 총을 쐈단 말인가? 무엇 때문에? 그는 알아야만 했다. 그는 돼지를 잡는 자신의 임무를 잊고 있었다.

켄지는 천천히 일어나서 총성이 울렸을 만한 장소로 향했다. 무더위 때문에, 몸에서 땀이 흘러내리기 시작했다. 존과 조지의 목소리가 들렸다. 그들이 있는 곳에서 두 밭고랑 떨어진 곳으로 가기 전까지 무슨 말을 하는지 알아들을 수 없었다. 조지의 목소리가 들려왔다.

"존, 네가 왜 돼지를 쐈는지 이해할 수 없어."

"쏘려고 하지 않았어. 더군다나 형이 나한테 총을 줬잖아."

"내 탓하지 마, 꼬맹아. 난 단지 그녀석이 우리로 돌아가도록 겁을 주라고 한 것뿐이야."

"아버지한테 말하지 말아줘." 존이 울먹이며 빌었다. "제발 말하지 말아줘. 에스메렐다를 묻을 거야. 못 봤다고 말하면 되잖아."

"누가 그런 바보 같은 소리를 믿겠냐?"

두 사람에게 다가갔을 때 켄지는 무슨 일이 일어났는지 알 수 있었다. 둘은 부드러운 흙 위에 뻗어있는 뚱뚱하고 큰 회색 돼지를 쳐다보고 있었다.

"내가 어떻게 해야 돼, 조지?" 엽총을 손에 쥔 채로 존이 물었다. "아버지는 분명히 화를 낼 거야."

"너는 그런 일을 당해도 싸, 꼬마 아첨꾼아."

"제발, 조지 빨리 묻자. 아버지가 오시기 전에."

"돼지를 묻겠다니, 말이 되냐?" 조지가 말했다. 그는 켄지를 보자 마치 자랑인양 말했다. "켄지, 존이 무슨 짓을 했나 봐."

켄지는 그들 옆에 뻗어있는 돼지를 보았다. 피 묻은 코를 보자 언짢았다. 학대당한 동물의 모습을 보고 싶지 않았다. 그는 무엇을 잘못했는지 전혀 이해하지 못하고 있는 두 소년을 보자, 갑자기 자신이 어떤 권위를 지닌 인물처럼 느껴졌다. "돼지만 죽은 게 다행인 줄 알아." 켄지가 말했다. "총은 장난감이 아니라는 것 정도는 알아야지."

"설교하지 마!" 농장일을 한지 나흘밖에 안된 사람에게는 설교를 들을 이유가 없다는 듯이 경멸하며 말했다. "어차피 아버지한테 들을 거니까."

존은 절망한 듯 보였다. "켄지, 돼지 묻는 것 좀 도와줄래?"

켄지는 여전히 자신을 지혜로운 목소리를 가진 사람으로 느끼고 있었다. "안 돼. 이 상황으로도 충분히 안 좋아. 숨긴다고 해서 해결되지 않아. 아직 안 잡힌 돼지 있어? 최소한 한 마리는 더 있을 거야. 잡으러 가자. 그리고 아버지께 말씀드려. 그렇지 않으면 일이 더 심각해질 거야."

"아, 그게 너의 생각이야?" 조지가 말했다.

켄지는 돼지의 울음소리를 들었고 근처 밭고랑에서 그가 쫓던 돼지를 보았다. 순간 에스메렐다의 복수를 위해 돼지가 그들을 공격할까봐 두려웠다. 하지만 그건 실제상황이 아니라 단지 영화 속에서나 일어날 수 있는 일이라고 생각했다. "어쩔 수 없어." 켄지가 말했다. "이미 엎질러진 물이야. 우리가 할 일은 오직 녀석을 잡는 것밖에 없어."

"빌어먹을 돼지!" 조지가 저주했다. "돼지가 세상에 없다면 얼마나 좋겠어."

"나도 같은 생각이야!" 존이 말했다. "곧 있으면 나도 이 돼지처럼 죽게 될 거야."

"워-이! 워-이!" 조지가 돼지를 쫓으며 소리 냈다. "워-이! 워-이!"

그들은 잠시 후 돌아다니고 있던 마지막 돼지를 둘러쌌다. 조지가 돼지 귀를 움켜잡았다. 그들은 밭고랑을 따라서 옥수수밭 밖으로 나갔다. 저 멀리, 파란 하늘과 푸른 나무들 속에서 하얗게 돋보이는 아름다운 농가가 서 있었다. 그들은 집을 향해 천천히 걸었다. 존은 뒤쳐져서 왔다. 그는 분명 아버지에게 가는 것이 두려워 보였다. 헛간 모퉁이 부근에 다다랐을 때, 헨리는 우리 안쪽으로 몸을 굽히고 있었다. 돼지들은 진흙투성이 우리 안에서 매우 즐겁고 만족스러워 보였다. 그들은 별나라까지 가보려는 불가능한 시도를 하면서 짧은 재미를 누린 것 같았다. 헨리가 돌아보았다.

"한 마리뿐이야?" 켄지와 두 소년은 돼지 두 마리를 데리고 돌아와야만 했다. "에스메렐다는?"

"몰라요……." 존은 빨리, 매우 빠르게 말했다. 조지는 겁쟁이 혹은 거짓말쟁이라고 말하는 듯한 눈길로 존을 바라보았다.

"존은 에시가 어디에 있는지 알아요." 조지가 말했다. "말씀드려, 존."

존의 얼굴이 마치 그의 머리 위로 지나가는 하얀 구름처럼 창백해졌다.

"아버지……." 존이 입을 열었다. "어……." 말을 이을 수가 없었다.

"무슨 일이야, 아들(아들은 항상 존을 의미했다. 헨리는 그의 농장을 제외하고 무엇보다도 존을 이 세상에서 가장 사랑하고 있었다.)?" 헨리가 아들을 걱정하는 눈빛으로 바라보았다. 켄지는 부드럽게 말하는 그의 모습에 안도했다.

"제가…… 어…… 제가……."

"야, 임마!" 조지는 더 이상 견딜 수 없었다. "존이 에스메렐다를 제 총으로 쐈어요! 옥수수밭에 죽어 있어요."

켄지는 헨리를 바라보았다. 그의 얼굴이 점점 검붉어지자 켄지의 긴장감도 점점 고조됐다. 헨리의 분노가 작고 연약한 존에게 폭발하자 켄지는 두려움 속에서 차마 자리를 뜰 수도 지켜보고 있을 수도 없었다.

"뭐, 뭐라고?" 헨리가 소리쳤다. 자애로운 아버지의 모습은 분노 속으로 사라졌다.

"제가 에스메렐다를 쐈어요." 존이 고백했다. 그리고 울음을 터뜨렸다.

"어떻게 그런 망할……. 어떻게 그런 망할 짓을 저지른 거야? 총으로 무슨 짓을 한 거야?"

이번에는 조지가 약간 더듬으며 말했다.

"제가…… 어…… 제가 돼지를 겁주려고 했어요."

"그럼…… 벌 받아야 될 건 너야." 헨리가 조지를 돌아봤다.

"아니에요. 형 잘못이 아니에요." 존이 말을 끊었다. "제가 돼지를 쐈어요. 왜 그랬는지는 저도 몰라요."

"그 돼지는 내년 이맘때쯤이면 이백 달러 가치가 있는 거였어. 이제 백 달러만 받을 수 있어도 운이 좋은 거다. 조지, 넌 내게 백 달러 빚진 거야."

"내가 왜요?"

"네가 어리석게 행동한 대가야. 그게 이유다."

"아니에요, 아버지." 존이 차분하고 신중하게 말했다. "제가 빚진 거예요. 백 달러를 모아둔 게 있어요. 시내에서 일자리도 구할 거예요."

"조지가 자기 차를 팔면 돼." 헨리가 타협할 여지가 없는 듯이 말했다.

"말도 안돼요! 저는 절대 제 차를 헐값에 팔지 않을 거예요!"

"아니. 팔게 될 거다!" 헨리가 의지를 꺾지 않는 것을 즐기는 듯 말할 때 메리가 등장했다. "뭐 때문에 그러는 거야?"

"제가 에스메렐다를 쐈어요." 존이 사실 그대로 말했다.

"오, 이런."

"난 떠납니다." 조지가 말했다. "잘들 지내세요."

"어디로 갈 생각이야?"

"되도록 머나먼 곳으로요."

"아무데도 못가!" 메리는 강해져야만 할 때 헨리보다도 더 강했다. 그녀는 헨리와 조지의 분쟁에 충격을 받았다. "자." 차분한 목소리로 말했다. "난 누가 에스메렐다를 쐈는지 몰라. 이렇게 된 이상, 난 상관 안 해. 이미 일어난 일은 어쩔 수 없어. 그깟 돼지 때문에 가족이 깨지는 것을 보고 싶지 않아. 그건 몇 푼 안 하잖아. 우리가 늘 했던 것처럼 다시 모을 수 있어."

"무려 이백 달러나 돼." 헨리가 투덜거렸다.

"그게 만 오천 달러라 해도 상관 안 할 거야, 헨리. 아들은 세 명뿐이잖아."

"둘이야." 헨리가 조지를 째려보며 말했다.

"보셨죠?" 조지가 말했다. "아버진 절 싫어해요."

"헨리, 조지에게 사과해." 메리는 완강하게 말했다.

"메리, 조용히 해!"

메리는 감정이 막 폭발할 것 같이 보였다. "그런 식으로 말하지 마! 나는 당신 자식이 아니야!"

"젠장, 그럼 나한테 이래라 저래라 하지 마."

"존, 조지, 그리고 켄지. 모두들 집으로 돌아가서 씻고 점심 먹어." 메리가 단호하게 말했다. 마치 헨리와 담판을 지으려는 것처럼 들렸다.

켄지는 기분이 언짢았다. 가족들 사이에서 일어나는 말다툼이 싫었다.

가족들의 말다툼에 대해 조지 또한 켄지와 같은 생각을 갖고 있는 듯 입을 열었다. "그렇게 원하시면, 제가 차를 팔아서 죽은 돼지 값을 낼 게요."

"어서 안으로 들어가." 메리가 여전히 엄격한 목소리로 말했다. 조지와 존과 켄지는 모두 메리가 말한 대로 집으로 갔다. 켄지는 마치 장례식에 참석한 기분이었다. 조지는 계단을 올라가 화가 난 듯 방문을 있는 힘껏 닫았다. 존이 몸을 씻는 동안 켄지는 문 밖에서 차례를 기다렸다. 헨리와 메리가 말다툼하는 소리가 들렸고, 그는 자신이 그들의 가족일에 끼어들고 있는 것처럼 느꼈다.

그는 존이 욕실에서 나오기를 기다리고 있었다. 몇 분 후, 무엇인가 욕실바닥에 넘어지는 듯 요란한 소리가 들렸다.

"존!" 그가 불렀다. "야! 존, 문 열어!"

아무 대답이 없었다.

켄지는 휴대용 칼을 꺼내어 화장실 문고리의 구멍에 송곳을 넣고 걸쇠를 풀어 문을 열었다. 존이 쓰러져 있었다. 그는 가족들에게 소리치면서 존 옆에서 무릎을 꿇고 앉아 맥박을 짚었다. 존은 숨을 고르게 쉬고 있었다. 괜찮아 보였다. 에스메렐다 일에 대한 긴장감과 죄책감이 너무 컸던 탓인 것 같았다. 켄지는 존을 편안하게 눕히고, 수건을 찬물에 적셔서 그의 이마에 올려놓았다. 문 쪽으로 달려오는 발자국 소리가 들렸다.

"무슨 일이야? 존!!!" 헨리가 욕실로 달려와서 존 옆에 무릎을 꿇고 앉았다. "존……정신 차려…… 아들…… 존." 그는 존의 머리를 쓰다듬었다.

"기절했을 거예요." 켄지가 말했다. "방으로 데려가는 게 좋을 거 같아요."

헨리는 갑자기 침울해졌다. 아내가 그에게 소리를 질렀고, 지금은 사랑하는 아들이 기절했다. "내가 그렇게까지 소리치는 게 아니었는데. 존, 미안하다. 제발, 존……." 그는 절망에 휩싸여 복도를 향해 소리쳤다. "메리!!!"

메리가 손을 앞치마에 닦으면서 화장실 복도로 달려왔다. 그녀는 아무 말 없이 존 옆으로 다가와 티끌하나 없는 리놀륨 바닥에 무릎을 꿇었다.

존의 눈꺼풀이 떨렸다. 반쯤 감긴 눈으로 모두를 올려다보았다. "죄송해요……. 쏘려고 한 건 아니었어요. 에스메렐……."

"그까짓 늙은 암퇘지, 생각지도 마!" 헨리가 중얼거렸다. "어떻게 된 거야?"

"잘 모르겠어요, 아버지. 손을 씻고 있었는데, 눈을 떠보니 바닥에 있었어요."

헨리가 그를 들어올리기 위해 몸을 일으켰다. "메리, 방으로 데리고 가자."

"저 괜찮아요." 존이 발을 버둥거리며 저항했다.

"네게 필요한 건 음식이야." 메리가 위기를 넘긴 것에 안도하며 부드럽게 말했다. "우리 모두는 잘 먹어야 돼."

헨리가 그의 팔로 존의 어깨를 부축이며 욕실 밖으로 나갔다.

켄지는 조지가 어디에 있는지 궁금했다. 메리도 그랬다. 그녀는 조지를 부르며 찾았다.

"빌어먹을 음악이나 듣고 있겠지." 헨리가 어깨너머로 말했다. 켄지는 이 소동이 형식적으로 끝났음을 알 수 있었다. 헨리는 조지에 대해 또다시 불평하고 있었다. "빌어먹을, 집이 무너져도 저 녀석은 모를 거야. 켄지, 가서 조지를 좀 데려와."

"내가 갈게." 메리가 말했다.

"켄지를 가게 해, 메리. 당신은 가서 점심을 준비해."

헨리는 명령하는 것에 익숙했고 모두들 잘 따랐다.

켄지는 여러 번 조지의 방문을 두드렸다. 하지만 대답이 없었다. 켄지는 해리스 가족 중 또 다른 한 사람이 바닥에 쓰러져 있는 모습을 상상하며 방문을 박차고 들어갔다. 조지는 켄지를 돌아보지도 않았다. 헨리가 옳았다. 조지는 음악을 듣고 있었다. 음악 외에는 아무것도 중요하지 않은 것처럼 보였다. 스테레오와 그를 연결하고 있는 이어폰은 우주선과 우주비행사를 연결하고 있는 생명줄처럼 보였다. 조지는 자동차와 록 가수 화보가 잔뜩 벽에 붙어 있는 방 한가운데에 서 있었다. 남성다움을 과시하며 상상의 기타로 연주하는 음악은 오직 자기만 들을 수 있었다. 그리고 그에게는 오직 그것만 들렸다.

"점심을 마저 먹어야지." 켄지가 말했다.

조지는 켄지에게 좋은 하루가 되기를 바란다는 듯한 미소를 지었다. 그리고 계속 가상의 기타를 연주했다.

켄지가 다시 한 번 말했지만 아무 소용없었다. 그 이유를 알아차리고 나서 밥 먹는 동작을 흉내 냈다. 조지는 그제야 알아들었다는 듯 고개를 끄덕인 뒤 손가락 하나를 들어 올려 거의 끝나간다는 신호를 했다. 그리고 매우 몰입하여 기타 연주의 엔딩에 이르렀고, 상상 속의 청중들로부터 박수갈채를 받기 위해 잠시 멈췄다. 그리고 나서 이어폰을 빼서 던졌다.

"밥 먹자! 굶어 죽겠다. 에스메렐다라도 먹을 수 있겠어." 그는 계단을 내려갔다. 켄지가 그 뒤를 따랐다.

"존이 화장실에서 기절했어." 켄지가 그에게 말했다.

"꼴 좋네. 머저리."

"그래도 지금은 괜찮아."

조지는 더 이상 관심을 갖지 않았고, 아무 말도 하지 않았다.

점심식사를 마치고, 켄지는 부모님에게 전화를 걸어보려 했지만, 연결되지 않았다. 그는 실망한 채 방으로 들어가 침대에 누워 낮잠을 청했다. 햇볕에 달궈진 산타모니카 해변의 모래 위를 잉가와 장난치며 맨발로 걷는 꿈을 꾸었다.

13

그날 오후 우유를 짜기 위해 헛간에 몰려든 소들과 함께 컨트리뮤 직이 헛간을 가득 채웠다.

"있잖아." 헨리가 향수에 젖어 말했다. "이 헛간은 내가 어렸을 때 놀이터였어. 나는 건초를 쌓아둔 다락에서 쥐를 잡아다가 바깥에 있는 우리에 가두어놓곤 했어."

켄지는 헨리 해리스의 어린 시절 이야기를 듣는 것이 즐거웠다.

"내가 가장 좋아하던 계절은 겨울이었어." 헨리가 계속 말했다. "헛간은 젖소들 때문에 따뜻했어. 형들과 숨바꼭질하기에는 최적의 장소였지."

"형제가 몇 명이에요?" 켄지가 물었다.

"형이 두 명 있어. 맏형은 한국전쟁에서 전사했지. 그의 이름은 '빌'이고, 나보다 열 살 위야. 다른 형 '짐'은 버몬트에 살지. 짐은 우체국에서 일했고, 지금은 은퇴했어. 작은 뒷마당에서 취미로 채소를 기르며 살고 있지."

"우린 일 년 전에 짐을 보러 갔었어." 메리가 말했다. "그가 키운 채소들이 얼마나 큰지 믿을 수가 없었어. 우리 것보다 두 배나 컸어. 그렇지, 존?"

"네, 삼촌은 제 머리의 두 배나 큰 토마토를 기르죠."

"그건 좀 과장이야." 메리가 정정했다. "엄청 크긴 했지."

"비법이 뭐예요?" 켄지가 물었다.

"마법이야." 헨리가 말했다.

"아니야, 그게 왜 마법이야?" 메리가 성급하게 말했다. 그녀와 헨리는 마치 전에도 이런 언쟁을 여러 번 했던 것 같았다. "핀드혼 비법'이라고도 부르지. 영국의 한 그룹 이름인데, 채소에게 말을 걸고 주문을 외워서 크게 자라도록 하는 거야. 그들은 지구에 있는 모든 것에 영혼이 있다고 믿거든. 그래서 토마토나 수박을 크게 키우고 싶으면 채소의 영혼에게 호소한단다."

헨리는 확실히 이런 이야기에는 전혀 흥미가 없었다. 그는 화제를 바꾸고 싶어 했다.

"일본소가 온다. 이리 와, 엘리자베스. 이리와." 켄지가 칸막이 문으로 몸집이 작은 소 한 마리를 들여보내자 헨리가 소에게 말했다. 켄지는 헨리가 왜 그 소를 일본소라고 부르는지 곧 이해할 수 있었다. 그 소는 몸집이 작고, 독특한 밤색 바탕에 하얀 점박이 무늬가 있었다. 유일한 밤색 소였다. 커다란 밤색 눈에 정다운 얼굴이었고 겁이 많아 보였다.

"어서 이리 와, 엘리자베스." 헨리가 말했다. "네 영혼에게 말하고 싶다."

"다 자란 소들 중에서는 가장 어리고 작아." 메리가 설명했다.

"켄지가 들여보낼 때 이 소의 영혼을 봤어." 그는 얼굴을 소 가까이에 대고 속삭였다. "많은 우유를 공급해줘, 엘리자베스. 우유를 많이 공급해줬던 너의 친척들처럼 크고 우람하게 자랄 수 없니? 우리를 위해서 그렇게 할 수 없어?"

"그건 당신 형이 채소들에게 말했던 것과 달라, 헨리." 메리가 유쾌하게 말했다.

"거의 비슷해." 헨리가 항변했다. 그가 작은 소의 엉덩이를 두드리자 소는 우유를 짜기 위한 칸으로 서둘러 들어갔다.

"엘리자베스의 어미는 몇 년 전에 죽었어." 메리가 우울하게 말했다.

"그랬지. 엘리자베스의 어미는 철조망에 걸려서 크게 상처가 났고, 우리는 출혈을 막을 수가 없었지. 파리들이 상처에 몰려들어 세균에 감염되고 말았어. 우리는 고통을 없애주기 위해 소를 쏘아 죽여야 했어." 헨리가 고개를 저었다.

"끔찍한 일이었네요." 켄지가 말했다.

"그렇고말고." 헨리가 말했다. "어떻게 다치게 된 건지 알아? 동네 소년들이 소에게 돌을 던지고 목장을 가로질러 철조망 울타리를 따라 도망쳤어. 소들은 낯선 사람이 달리면 무서워서 달아나. 사람과 마찬가지로 화를 내지."

헨리가 화를 내기 시작했다.

"소년들이 돌을 던졌다는 증거는 없잖아요." 조지가 아버지를 진정시키려고 했다. "그렇지만……."

"그렇지. 정확한 증거가 없어서 확실히는 모르지." 헨리가 빈정거리는 목소리로 조지의 말을 막았다. "우리는 다만 소들의 발자국을 보았고 그 아이들이 차에 올라타 달아나는 것을 봤지. 그중에 네 친구들이 있을 수도 있어, 조지." 헨리가 경멸하는 눈빛으로 바라보았다.

"둘 다 그만해." 메리가 진정시켰다. "이미 2년 전 여름에 있었던 일이야."

모두들 그 일을 그냥 잊어버리는 것에 동의하는 듯했다. 켄지는 이야기를 나누는 동안 헨리 가족들 가운데 누구도 착유 리듬을 잃지 않았다는 것이 인상 깊었다.

존은 볏짚으로 덮여 있는 땅바닥 위에 무릎을 대고 앉아 우유를 끝까지 다 짜내려고 소의 젖을 부드럽게 문질렀다. 그는 유두컵을 들여다보고 더 이상 젖이 나오지 않는 것을 확인한, 컵을 하나씩 하나씩 마른 젖에서 분리했다. 컵이 젖에서 떨어져 나오는 소리는 마치 물이 하수구로 빨려 들어가는 소리처럼 들렸다. 존은 옆 칸에서 기다리는 소에게 유두컵들을 연결시켰다. 메리는 가죽 끈을 벗긴 뒤 쇠사슬을 풀고 몸을 붙잡아 매고 있던 긴 쇠막대기들을 뽑아 소를 자유롭게 해 주었다.

"켄지, 네가 소들과 지낸 지도 며칠이 지났네. 마음에 들어?" 헨리가 쇠막대기를 뽑아 소를 풀어주면서 물었다.

"네. 소들이 좋아요. 정직한 눈빛과 온순한 얼굴이 마음에 들어요." 켄지가 홋카이도 모양 같은 검은 무늬가 있는 소를 보내며 말했다. 그 무늬는 예전에 가본 적이 있는 기차여행을 떠올리게 했다. 켄지의 머릿속에 낙농업을 하는 농장들이 많은 홋카이도의 전형적 이미지를 집어넣은 여행이었다.

"그래도 조심해야 해." 메리가 경고했다. "얼굴은 온순해 보여도, 어떤 소들은 그렇지 않아."

"켄지, 나는 모든 소들이 좋아. 심지어 성질 나쁜 녀석들도. 모두 내 자식 같아." 농부가 말했다.

"자식들이 부자로 만들어주니 좋으시겠어요." 켄지가 농담으로 말했다.

"그렇고말고." 헨리가 말했다. "내가 소를 사랑하는 이유지."

켄지가 다른 소를 들여보냈지만, 존은 젖이 충분히 불지 않았다고 말하면서 곧 내보냈다. 켄지가 무거운 칸막이 문을 열자, 소 한마리가 의심스럽게 그를 쳐다보더니 갑자기 뒤로 몇 발자국 물러났다. 켄지는 문 옆으로 재빨리 몸을 숨겼다. '겁내지 말고 어서 들어와' 켄지가 속으로 말했다. 순간 그 소가 천천히 들어오더니 칸막이 문 바로 옆에 있는 우유 짜는 칸으로 재빨리 들어갔다.

"켄지, 저 소를 기억해 둬. 매우 신경질적이야. 짜증을 잘 내거든." 메리가 방금 들어온 소를 가리키며 말했다. "저 소에게 걷어 차여서 앞니가 부러진 사람이 있어."

"소들이 말처럼 발길질도 하나요?"

"그럼."

우울한 멜로디의 컨트리음악이 헛간을 가득 채우고 있기 때문인지 조지는 말을 많이 하지 않았다.

큰 미닫이문을 여는 순간, 켄지는 주변과 하나가 된 느낌이었다. 하늘의 파란색, 햇빛의 찬란함, 자라고 있는 옥수수의 푸르름, 모여서 조용히 순서를 기다리고 있는 소들의 평화로움, 만족스러움. 몇몇 소들이 다른 소들의 등 위에 머리를 올려놓고 있는 모습. 켄지는 그 모든 것들의 한 부분이 된 듯했다. 그는 그 속에 있었다.

헨리가 거칠어져가고 있었다. 켄지는 헨리가 왜 그렇게 행동하는지 이해할 수 있었다. 오늘날 농업경영이 많이 힘들고 게다가 최근에는 농장에 불운이 겹쳤으므로, 헨리와 같은 강한 성격이 필요했을 것이다.

켄지가 열 마리 소들을 뒤쪽 헛간으로 들여보냈다. 미닫이문을 닫은 뒤 소 한 마리를 착유하는 곳의 비어있는 자리로 보냈다.

잡담을 하다가 헨리가 물었다, "켄지, 소가 일본어로 뭐야?"

"'우시'요."

모두 발음을 따라해 보았다. 그러나 조지는 하지 않았다.

"그런데 그건 암컷, 수컷을 다 지칭해요. 그래서……." 켄지가 말했다.

"수컷은 그럼……." 헨리가 농담했다.

"다른 '우시' 들여보내." 헨리가 말하자 메리가 미소를 지었다.

동시에 조지가 소리쳤다. "망할!" 그가 소의 가슴을 난폭하게 주먹으로 때렸다. 그리고 벽으로 달려가 착유할 때 사용하는 여분의 가죽 끈을 가져오더니 소를 향해 사납게 채찍질했다. 커다란 소는 반응 없이 큰 바위 같이 조용히 서 있을 뿐이었다. 동물을 좋아하는 켄지는 그것을 보고 마음이 언짢았다.

"그만해!" 조지가 있는 헛간의 중앙 쪽으로 달려가며 헨리가 고함을 질렀다. "다시는 이런 짓을 하지 마!" 그가 손가락을 흔들며 조지에게 경고했다.

"이 멍청한 소가 제 발을 밟았어요!" 조지가 화를 내며 말했다. 그는 절뚝거렸다.

"소 잘못이 아니야. 네가 딴생각하지 않으면, 그런 일은 일어나지도 않아." 헨리가 말했다.

"켄지, 소 근처에 있을 때는 조심해야 한다. 소는 우리보다 크고 힘이 세거든. 방심하면 다칠 수 있어. 조지는 괜찮아 보여. 그렇지만 소가 발을 밟으면 한 달 정도 감각이 없을 때도 있어." 메리가 설명했다.

"코끼리가 발을 밟으면 어떤 일이 일어날지 궁금하네요." 켄지가 말했다.

"일 년은 감각이 없겠지." 메리가 농담했다.

발로 인한 소동이 끝나자, 조지는 하던 일을 계속하기 위해 다시 돌아갔다.

켄지는 존이 소의 커다란 젖꼭지에 아나보딕이라는 주사를 놓는 것을 보았다. 주사바늘이 젖으로 들어갈 때, 소는 이미 익숙한 일이라는 듯, 아무 반응도 없었다.

딱딱해져 부어오른 유선을 풀어주기 위한 것이라고 존이 설명해 주었다. 주사를 다 놓은 뒤 그는 부드럽게 마사지해주었다.

"존은 동물들을 매우 잘 다루지. 송아지를 낳을 때 돕기도 해. 특별한 재능을 타고난 거야." 메리가 말했다.

"존, 수의사가 되는 건 어때?" 켄지는 악의 없이 물었지만, 헨리에게는 터무니없는 소리였다.

"정신 나간 소리!" 헨리가 외쳤다. "이 세상에서 필요 없는 것 중 하나가 돈만 밝히고 게으른 수의사야. 존은 잘 나가는 의사선생이 아니라 농부가 되어야만 해."

켄지는 헨리가 농장일 외에는 다른 건 이야기조차 듣기 싫어한다는 사실을 느꼈다.

켄지는 소들의 먹이를 내려 보내기 위해, 먼지 쌓인 계단을 올라 건초를 쌓아 두는 다락으로 갔다. 반짝이는 삽을 들고 건초와 사료를 아래층과 연결되어 있는 미끄럼틀에 퍼 담았다. 잘 닦인 삽이 은처럼 반짝였다.

그는 건초더미와 비타민 덩어리들을 내려 보내는 일을 마치고, 다른 사람들과 합류하기 위해 내려왔다.

존은 양동이에 송아지를 먹이기 위한 우유를 담고 있었다.

14

아침식사를 마치고, 켄지와 조지는 당구를 치러 시원한 지하실로 내려갔다.

켄지가 당구공들을 가운데에 몰아놓자 조지가 부드러운 녹색 천 위에서 불꽃놀이하듯 공들을 흩트렸다.

"거기, 아래 조용히 좀 해!" 위층에서 헨리의 목소리가 들렸다.

"아버지는 자신에게 화가 나 있는 거야." 조지가 말했다.

"왜 자신에게 화가 나 있지?" 켄지가 물었다.

"당구 치는 소리가 트랙터에 우박 떨어지는 소리를 생각나게 하니까."

"하지만 어떻게 당구를 조용히 칠 수 있어?" 켄지가 의아해했다.

"그러게 말이다."

"네 아버지는 바다에 나가면 멀미를 하는 뱃사람 같다고 할 수 있지 않니?"

"아버지는 환상 속에 살고 있어."

"소리도 게임의 일부분 아니야?"

"그렇지, 우박을 사랑해야만 하는 거지. 난 그러기 싫어."

"믿어지지 않아. 나이스 샷!"

"태양 아래 완벽한 건 하나도 없어." 조지가 말했다.

"뭔가 완벽한 것을 보고 싶다."

"단 하나도 없어."

"무지개, 그건 완벽하지 않아?" 켄지가 말했다.

"관심 없어."

"조지, 오늘 밤 리사 만나러 갈 거야?"

"아니, 안 갈 거야."

"왜 그래, 조지?"

"리사가 이제 나를 만나고 싶어 하지 않아."

"무슨 일 있었어?"

"지난밤에 내가 리사한테 미인대회 나가기엔 아직 좀 통통한 것 같다고 농담을 했거든."

"조지, 그런 말은 하면 안 돼. 농담으로라도."

"나도 알아. 바보 같은 말이었어. 사과를 했는데, 리사가 너무 화가 나 있어."

"걱정 마, 리사는 널 사랑해. 리사가 미인대회를 진지하게 생각해서 그런 것 같은데."

"이번에 우승하면 주에서 열리는 대회에도 나가고 싶어 해."

"잘 되면 좋겠다."

"실은, 미인대회에 나가보라는 건 내 생각이었어. 만약 리사가 예쁜 얼굴과 어울리는 몸을 만들면, 꼭 우승할 거라고 말하곤 했어. 예전에는 통통했어. 그리고 지난 2년 동안 대회에 나가기 위해 몰래 다이어트를 했지."

"지금은 엄청 날씬해서 믿어지지 않네."

"응. 지금은 정말 매력적이지."

그때 헨리가 일하러 가자고 불렀다. 그들은 대답한 뒤, 당구를 멈추고 두 계단씩 뛰어 위로 올라갔다.

15

켄지가 일을 하다가 잠깐 멈춰서 이마의 땀을 닦았다. 그는 이렇게 뜨거운 날, 들판에서 고되게 일하기보다는 수영을 하고 싶었다. 더 정확히 말하면, 잉가와 함께 수영하고 싶었다.

"켄지, 괜찮아?" 조지가 가까이 오면서 물었다.

"괜찮아."

"젠장, 너무 덥다! 소나기나 내렸으면 좋겠어."

"응. 지금 당장 비가 오면 얼마나 좋을까."

두 청년은 나란히 서서 땀을 흘리고 있었다.

"켄지, 넌 잉가를 정말로 사랑하고 있는 거야?"

"그런 것 같아."

"아직 결정 안 했어?"

"아직."

"그럼 여전히 속으로 끙끙 앓고 있는 거야?"

"죽을 지경이야. 넌 어때? 리사를 사랑해?"

"응. 물론이지."

"결혼할 생각이야?"

"반드시."

"결혼하고 도시에서 살 거야?"

"그럼."

"어디서?"

"아마 G.I.에서."

"거기서 직업 구할 수 있어?"

"응. 정비사로 취직할 수 있어."

"괜찮네."

헨리가 다가오자 그들은 급히 대화를 멈추었다.

관개작업을 한 뒤, 헨리는 켄지를 데리고 트랙터로 반대편에 있는 목초지로 갔다.

철조망 울타리 앞에 멈추자, 헨리는 부츠로 철조망을 밟아 아래로 내리고 동시에 손으로 위쪽 철조망을 잡아 높이 쳐들었다. 켄지가 몸을 구부려서 조심스럽게 그 사이로 들어갔다. 철조망 저쪽에는 키 큰 잡초들이 자라고 있었다. 켄지는 헨리가 했던 것처럼 철조망을 위아래로 벌려 헨리를 들여보내 주었다.

무성한 수풀에서, 그들은 몸을 구부려 칸탈루프(*역주: 껍질은 녹색에 과육은 오렌지색인 메론)를 찾고 있었다. 조심스럽게 발을 내딛는 곳마다 메뚜기 뛰어가는 소리가 들렸다. 수풀에는 바랭이와 강아지풀이 섞여서 우거져 있었다. 잡초 씨앗들이 바짓가랑이에 끈질기게 달라붙었다.

"크게 자라기 시작했군. 매우 커질 거야!" 헨리가 손에 무르익은 칸탈루프를 들고 즐거워하며 말했다.

그들은 칸탈루프 네 개를 따 가지고 그곳을 떠났다.

목초지에 이르렀을 때, 그들은 바짓가랑이에 매달려 있는 씨앗들을 손으로 조심스럽게 떼어냈다. 그리고 트랙터에 칸탈루프를 실었다. 켄지는 두 개를 손에 들고 다른 두개는 흙 묻은 트랙터 바닥을 딛고 서 있는 자신의 흙투성이 부츠 사이에 안전하게 끼워 두었다.

트랙터에서 내린 후에, 그들은 각각 둥근 칸탈루프를 두 개씩 들고 집으로 향했다. 켄지는 부츠 바닥에 말라붙은 퇴비를 떨어내기 위해 땅에 발을 굴렀다.

16

일주일이 지났다. 켄지는 농장의 일상에 익숙해졌다. 일은 고되었지만, 이제는 그가 해야 할 일이 무엇인지 그리고 일이 어떻게 돌아가는지 알게 되었다. 켄지는 이제 헨리에 대해 많이 알게 되었다. 헨리의 일, 그리고 예측할 수 없는 네브라스카의 날씨에 대해서 알게 되었다. 그가 흐뭇했던 것은 헨리가 자신을 일꾼이라기보다는 가족의 일원으로 대한다는 것이었다. 메리는 켄지의 자명종이 되었다. 그녀는 매일 새벽 켄지를 깨워야 하는 것을 미안해했다. 켄지는 태양이 자명종이기를 바랐다. 그는 노인이 된 느낌이었다. 그러나 용감한 사람이라면 어떤 고통이라도 감내해야 한다는 것을 그는 알고 있었다.

그는 이제 소의 배설물 냄새가 괴롭지 않았다. 정직한 냄새라고 생각했다. 그는 불쾌하지만 정직한 거름 냄새가, 향기롭지만 추잡한 교만의 냄새를 꺾을 수 있음을 깨달았다.

지금 그는 쇠스랑에 기대어 이마의 구슬땀을 팔뚝으로 닦고 있었다. 열려있는 뒤쪽 헛간의 큰 미닫이문을 통해 우리가 텅 비어있는 것이 보였다. 뜨거운 태양을 오랜 시간 견딜 수 있는 소는 없었다. 소들은 모두 시원한 나무 그늘에 몰려 있었다. 문으로 다가가 구름 한 점 없는 파란 하늘을 올려다보았다. 그는 장쾌한 하늘을 보는 것을 좋아했다. 드넓은 하늘은 그에게 자유를 느끼게 해주었다. 맑고 높은 하늘은 커다란 꿈을 꾸도록 북돋아 주는 것 같았다. 미래를 미리 알게 되면 얼마나 끔찍할지 켄지는 생각했다. 그래서 헨리는 보험을 들지 않는 건가?

"켄지!" 존이 부르는 소리가 송아지 우리에서 들렸다.

켄지는 쇠스랑을 벽에 기대어 놓고 존을 향해 걸어갔다. 송아지 우리에 들어갔을 때, 그는 눈앞에 펼쳐진 장면에 충격을 받았다. 송아지 한 마리가 죽어있었다!

송아지는 땅바닥에 누워있었다. 네 다리가 위로 뻣뻣하고 곧게 뻗어 있었다. 매우 기괴한 모습이었다. 몸은 심하게 부풀어 있었고, 두껍고 불그스름한 혀는 밖으로 튀어 나왔고 눈은 부릅뜬 상태였다. 파리들이 주변을 윙윙거리며 날았다.

"가엾은 송아지, 왜 죽은 거지?" 켄지가 손등으로 이마를 닦으며 말했다.

"빌어먹을 더위 때문이야!" 존이 말했다.

"몸은 왜 이렇게 부었어?"

"물을 너무 많이 마셨을 거야. 폭염에는 그럴 때가 있어."

"어떻게 해야 돼?"

"나도 몰라. 켄지, 아버지가 알면 매우 화내실 거야."

"조지를 불러오면 어떨까?" 켄지가 제안했다.

"알겠어." 그가 헛간 밖으로 뛰어나갔다.

존은 곧 조지와 함께 돌아왔다. 조지는 기름이 묻은 손을 천으로 닦았다. 그리고 몸을 굽혀 양동이에 담긴 물에 손을 넣어 보았다.

"존, 거의 끓는 물이잖아!"

"차가운 물을 줬다고." 존이 항의했다.

"빨리 찬물 가져와." 조지가 다른 송아지들을 빠르게 살피며 말했다.

"다른 송아지들은 괜찮아?" 켄지가 물었다.

"그런 것 같아." 조지가 날카롭게 대답했다.

존이 찬물을 가져오자 그들은 그 물로 송아지들의 몸을 식혀 주었다.

"어떻게 해야 돼, 형?" 눈에 눈물이 그렁그렁한 채, 존이 말했다.

"한 가지 방법 밖에 없어. 옥수수밭으로 끌고 가는 수밖에. 아버지는 모르실거야. 송아지가 스스로 없어졌다고 생각하시겠지."

"아버지를 속이는 건 좋은 생각이 아니야." 켄지가 비난했다.

"방법이 없잖아." 조지가 대답했다.

"켄지, 옮기는 것 좀 도와줘." 존이 몸을 굽혀 뒷다리를 잡으며 말했다.

"내가?" 켄지는 죽은 동물에 손을 댈지 망설였다. "미안하지만, 그건 도저히 못하겠어."

그리고 조지를 바라보았다. "네가 존을 도와줘."

"그럴 수 없어. 난 아버지가 오시는지 망을 봐야 해."

켄지가 어쩔 수 없이 굳어진 다른 발을 잡았다. 송아지 발은 심하게 부풀어 있었고 매우 차가웠다.

둘은 죽은 송아지를 함께 끌고 나갔다. 송아지 주위로 흙먼지가 일어났고, 파리가 주위를 맴돌았다. 켄지는 자기가 끌고 있는 골칫거리를 보지 않으려고 애썼다. 그때 갑자기 성난 기운이 다가오는 것을 느꼈다.

헨리가 불쑥 나타나 소리쳤다. "무슨 짓을 하는 거야?"

그는 죽은 송아지를 내려다보았다.

"조지, 왜 그렇게 조심성이 없는 거야?" 그는 격노하며 얼굴이 빨갛게 달아올랐다.

"내 탓하지 마세요! 빌어먹을 더위 탓이잖아요!" 조지가 대답했다.

"제가 이미 찬물을 줬는데도 이렇게 됐어요. 죄송해요, 아버지."

존이 말하자 헨리가 생각에 잠긴 채 이마를 긁적였다. "마당으로 끌고 가! 죽은 송아지는 개밥으로 주는 거 말고는 아무 쓸모도 없다. 난 먼저 집에 가서 개 키우는 사람들에게 송아지를 가져가라고 연락해야겠다."

헨리가 서둘러 집으로 걸어갔다.

그날 밤, 켄지는 헨리와 메리의 대화를 엿듣게 되었다.

"당신, 오늘 밤 왜 그렇게 신경이 날카로워져 있어?"

"망할 농사 때문이야. 난 정말 열심히 노력했어. 노력하고, 또 하고, 또 했다고. 근데 이게 뭐야! 더 이상 가치가 없는 것 같아. 왜 신은 나를 방해하는 거지? 만약 무슨 일이 또 생기면, 농장을 그만둬야 할지도 몰라."

"당신, 진심은 아니지? 그렇지?"

"어느 정도 진지하게 생각해봤어. 하지만 끝까지 싸우겠어. 마지막 옥수수 한 알까지 지키기 위해 싸울 거야."

그러고서 그는 그의 얼굴을 위로 향해 신에게 외쳤다. "내말 들리십니까? 한 번 더 기회를 줘요. 결코 헨리 해리스를 굴복시킬 수 없을 테니까!"

17

다음날 이른 오후, 따뜻한 바람이 끊이지 않고 불어오기 시작했다. 헨리와 조지는 농기구 위로 몸을 기울이고 들여다보고 있었다. 헨리는 렌치를, 조지는 스패너를 들고 있었다. 손과 얼굴에는 온통 오일과 그리스가 묻어 있었다. 존은 송아지를 돌보고 있었고, 켄지는 돼지에게 먹이를 주고 있었다. 갑자기 돌풍이 불어 켄지의 눈에 먼지를 뿌렸다. 눈이 따가웠고, 눈물이 뺨으로 흘러내렸다. 또다시 따뜻한 바람이 그의 얼굴에 더 많은 먼지를 몰고 왔다. 결국 켄지의 모자가 바람에 날아갔고, 그는 그것을 쫓아갔다.

"이럴 수가!" 헨리가 맑은 하늘을 올려다보며 혼잣말을 했다. 눈처럼 흰 뭉게구름 위 저 높이 새털구름이 7월의 맑은 하늘과 대비되어 펼쳐져 있었다. 고요하고 파란 하늘이었다. 켄지에게는 아무것도 위협으로 보이지 않았다. 심지어 하늘조차 아직 회색빛으로 변할 기미도 보이지 않았다.

그러나 헨리는 농기구들을 차고 속이나 큰 나무 밑 같은 안전한 곳으로 재빨리 옮기라고 소년들에게 명령했다.

모두가 민첩하게 움직였다. 다가오는 적의 공격을 대비하는 잘 훈련된 병사들 같았다.

헨리는 우두머리 소를 불렀다. 헛간의 둥근 지붕 꼭대기의 풍향계가 북쪽을 가리키며 불안정하게 흔들렸다. 농가의 지붕 위에서 TV 안테나는 격렬하게 흔들렸고, 나무들과 옥수수 줄기들이 휘청거렸다. 새들은 거센 바람을 타고 퍼덕이며 날아갔다. '우두머리'를 따라 모든 소들이 줄지어 우리로 들어왔다.

하늘을 올려다보면서 켄지는 우박 때문에 옥수수가 입을 피해가 두려웠다. 그는 헨리의 농장에 우박이 떨어지지 않기를 바랐다. 그렇지만 옥수수밭이 아니라 목장에 우박이 떨어진다면, 얼음덩어리를 자신의 눈으로 직접 확인해 보고 싶었다. 그런 마법 같은 우박이 단조로운 농장생활의 돌파구가 될지도 모르겠다고 그는 생각했다. 미래를 알 수 없다는 것은 얼마나 멋진 일인가. 그래서 헨리는 농업을 사랑하는 것인가? 그러나 헨리는 불확실함을 마주할 때 두려움을 느끼는 듯했다.

모두들 민첩하게 트랙터들과 자동차들을 헨리가 지시하는 곳에 갖다 두었다.

몇 분 후, 바람은 잔잔해지기 시작했고 곧 가라앉았다. 그들은 모든 장비를 다시 제자리에 옮겨 놓았다.

"켄지, 그 무엇도 남자의 의지를 꺾을 수는 없어. 사나이는 꺾이지 않아." 헨리가 말했다.

켄지는 헨리가 용기라는 거짓의 가면을 쓰고 있음을 알 수 있었다. 그는 분명히 떨고 있었다. 그는 사형이 연기된 죄수처럼 안도하는 자신의 진실한 얼굴을 혐오하는 것처럼 보였다. 아마도 두려움을 불길한 징조로 생각했을 것이다.

"저는 아저씨와 토네이도에서 생존한 사람들은 형제와 다름없다고 생각해요. 모두 오뚝이 같아요." 켄지가 말했다.

헨리는 경멸과 연민이 뒤섞인 시선으로 켄지를 바라보았다. "그걸 이해하려면 너는 농촌에서 태어났어야 해." 그는 또박또박 말했다. "만약 네가 나를 도시로 데려가면, 두 달 안에 내 무덤을 파야 될 거다. 이걸 이해할 수 있을 때 넌 비로소 진정한 농부라 할 수 있겠지."

켄지는 깨달았다. 헨리는 패배하거나 포기하는 사람이 아니었다. 그는 차라리 몽상가로 죽는 것을 선택할 것이다. 패배하느니 차라리 파괴되기를 원할 것이다. 그는 처참하게 얻어맞은 권투선수와 같았다. 아직 자신이 패배하는 것이 싫었다. 권투경기를 치를 때마다 유한한 생명을 지닌 그의 몸은 바닥에 쓰러졌다. 그러나 그는 명예와 자존심을 위해 승자에게 늘 다시 한 번 싸울 것을 요구했다. 그는 공정하고 깨끗한 싸움을 하는 것에서는 한 번도 실패한 적이 없었다. 거칠고 지칠 줄 모르는 집요한 파이터인 그가 지닌 강한 신념과 불멸의 투지가 그를 계속 상대선수에게 도전하게 만들었다. 그러나 그는 늘 패배의 쓴 맛을 보았다. 눈은 반쯤 감겼고, 타박상을 입은 얼굴은 부풀어 있었다. 세 번이나 치른 격렬한 재경기는 모두 허사가 되었다.

그러나 드넓은 옥수수밭에서는 누구에게 도전장을 내밀 필요조차 없었다. 싸울 의지가 있는 한 실패할 때마다 자동적으로 재경기가 치러졌다. 자신이 믿고 있는 것을 이루고자 하는 강렬한 열망이 의지를 불러일으켰다. 그런 면에서 그는 좋은 운을 타고났다. 또한 새로운 싸움을 할 때마다, 육체적으로는 결코 손상을 입지 않았으나, 그의 정신은 상처를 입었고, 아무도 그것을 알아차리지 못했다. 그래서 눈에 보이지 않는 적은 죽을 수밖에 없는 운명을 지닌 인간인 그에게 싸움을 걸어왔다.

켄지는 헨리가 자꾸 미뤄지고 있지만 피할 수 없는 악운의 짧은 드라마에 대해 생각하고 싶어 하지 않는다는 것을 느낄 수 있었다.

18

소들은 신중하게 풀을 골라서 생각에 잠긴 채 우물우물 씹고 있었다. 미식가가 품질 좋은 와인을 음미하듯이. 소들은 모두 훌륭한 사상가처럼 보였다. 몇몇 소들은 풀을 씹으면서 켄지를 무심히 바라보았다.

"피크닉을 즐기고 있네요." 켄지가 말했다.

"그래. 그럴 자격이 있어. 모두 좋은 소들이야." 헨리가 말했다.

소들을 지켜보다가, 켄지는 철조망 너머로 흙먼지를 날리며 다가오는 차 한대를 보았다. 젊은 여자가 운전을 하고 있었다. 조지의 여자친구 리사였다. 켄지는 손을 흔들었고, 리사도 운전을 하며 인사했다. 켄지는 헨리를 쳐다보았다. 헨리는 리사에게 눈길조차 주지 않았다. 그는 반대방향을 보고 있었다.

켄지는 무슨 말이든 해야 했다.

"어느 소가 보스인지 아세요? 대장 소 말이에요."

"저기 있어." 헨리가 소들을 주의 깊게 살피더니 자신 있게 소 하나를 가리켰다.

"저는 다 비슷해 보여요."

"소들에 대해 잘 알게 되면 분명한 차이를 알 수 있을 거야. 사람이나 마찬가지로 모두 얼굴도 다르고 무늬도 달라."

"그렇군요."

"예전에는 이 지역 전체가 비옥한 목초지였어. 하지만 보다시피 그건 옛날 얘기가 됐어. 여기도 옥수수 저기도 옥수수, 모두 옥수수뿐." 헨리가 수평선을 가리키며 침울하게 말했다.

"엄청난 변화네요!"

"소를 키우던 농가들이 앞 다투어 옥수수 농사로 업종을 바꿨어. 기술의 발달 때문이지. 요즘에는 좋은 관개장치들이 많으니까. 그래서 사람들의 생각과 농업방식이 바뀌었지. 비구름보다는 관개가 훨씬 더 믿을만하잖아. 강우량에만 의지했을 때보다 옥수수를 기르기가 수월해졌어. 그러다보니 오늘날 네브라스카에는 옥수수가 지나치게 많은 거야. 그럼 어떻게 되겠어?"

"잘 모르겠어요."

"가격이 떨어지게 돼. 쭉 떨어지지. 그러면 사람들이 옥수수를 덜 심지. 생산량을 줄여. 그 결과는? 생산량이 줄어드니 가격이 다시 올라가지. 그러면 농부들은 이듬해에 더 많이 심어. 이런 식으로 반복돼. 악순환이지. 그런데 올해는 나에게 아주 좋은 해가 될 거야. 난 다른 사람들이 적게 심을 동안 많이 심었지. 금년에는 더 좋은 관개장치도 설치했어. 시스템을 정비하려고 집을 담보로 돈을 빌렸기 때문에, 그래서 올해는 정말 잘돼야 해. 물론 내가 수확할 때까지는 아무 의미도 없어." 그는 잠시 말을 멈추더니 폭풍이 다가올 징후가 있는지 하늘을 살펴보았다.

켄지가 멀리서 무엇인가 움직이고 있는 것을 발견했다. "토끼다!" 그는 신기해하며 소리쳤다.

토끼는 목표한 곳을 향해 집중해서 조심스럽게 달렸다. 메뚜기들이 화려한 빛깔의 날개로 불꽃 튀는 소리를 내면서 토끼에게 길을 내주었다. 토끼는 베이스로 도루하는 야구선수 같았다.

"저건 산토끼야." 헨리가 무뚝뚝하게 말했다. 토끼는 목표했던 지점에 도착한 뒤, 이제 어느 방향으로 가야할지 결정하려는 것처럼 보였다.

토끼는 다시 달려가기 전 갑자기 몸을 들어 멀리 떨어져 있는 헨리와 켄지를 의심스럽게 쳐다보았다. 그러더니 가기로 마음먹은 곳으로 달려갔다.

켄지는 트랙터에서 뛰어 내려 토끼를 쫓아갔다. 그러나 토끼는 무심한 소들의 다리 사이를 능숙하게 지그재그로 뛰며 그를 쉽게 따돌렸다. 어떤 메뚜기들은 부풀어 거대해진 소젖에 부딪혀 튕겨 나오기도 했다.

켄지는 돌아와 다시 트랙터에 올라탔다.

"켄지, 저 소의 검은 얼룩무늬 좀 봐. 저기."

"전 하나도 모르겠어요."

"자세히 봐. 보기 드문 검은 무늬잖아. 그렇지 않아? 한 쌍의 젊은 남녀처럼 보이잖아. 나란히 앉아서 먼 곳을 바라보고 있어."

"아, 그렇게 보이네요."

"뒤로 드리운 그림자까지 보이잖아."

"아, 그러네요."

"언젠가 저 가죽을 내 방에 걸 거야." 헨리는 매우 진지해 보였다.

"농담이시죠?"

"난 늘 솔직히 말하네."

"농장의 이런 면까지는 생각하고 싶지 않군요." 켄지가 우울해 하며 말했다.

"저 소는 많이 늙었어, 켄지." 헨리가 대답했다. "곧 은퇴를 해야 돼. 저 다리 보여? 똑바르지 않잖아. 가엾은 소야."

"소가 은퇴를 하게 되면 어떻게 되죠?"

"우리들의 식량이 되기 위해 도축장에 가야 해."

"바로 죽인다는 말씀이세요?"

"농장의 법칙이야." 헨리가 말했다. "감정에 치우쳐서는 안 돼."

켄지는 반박할 수 없었다. 그는 화제를 바꿨다. "어느 소를 가장 좋아하세요?"

"소는 다 좋아해, 켄지." 그가 대답했다. 그러고 나서 어떤 소 하나를 응시하기 시작했다.

"뭐가 잘못됐나요?"

"전혀." 헨리는 입가에 미소를 지으며 말했다. "우리들은 송아지를 얻게 될 거야. 지금 분만 중이야.”그가 손가락으로 가리켰다. 그러고 나서 트랙터를 몰고 소에게 좀 더 가까이 다가갔다.

트랙터 위에서, 헨리와 켄지는 누워 있는 소를 지켜보았다. 그 소는 다른 소들과 완전히 분리되어 있었고, 매우 고통스러워 보였다. 갑자기 가느다란 작은 앞다리가 나타났고, 축축하게 젖은 점박이의 작은 머리가 보였다. 그러더니 호리호리한 몸통이 나왔고, 마침내 뒷다리가 나왔다. 송아지는 잠시 죽은 듯 꼼짝 않고 있다가 갑자기 다리를 움찔했다. 곧 또 한 번 움찔했다. 마침내 송아지는 떨리는 뒷다리로 간신히 일어서려고 애썼다. 송아지는 한 번 더 시도했다. 그리고 또 한 번. 어미 소는 갓 태어난 송아지를 지켜보면서 가까이에 조용히 서 있었다. 마치 ‘다시! 한 번 더! 한 번만 더!’ 말하는 듯했다.

드디어 성공했다! 작고 가느다란 네 다리가 제대로 일어섰다. 어미 소는 혀로 부드럽게 송아지를 핥아주더니, ‘자, 이제 우리의 보금자리로 가자.’라고 말하는 듯한 태도로 우리로 이끌었다. 송아지는 어미를 따라 한 걸음, 한 걸음 조심스럽게 걸음을 내딛었다. 어미는 계속해서 고개를 돌려 어린 소가 잘 따라오는지 확인했다. 저 멀리 그들의 우리가 있는 헛간이 파란 하늘 아래 하얗게 빛을 뿜었다.

켄지와 헨리는 황갈색 우리 안으로 사라지는 어미 소와 어린소를 지켜본 뒤, 언덕을 조금 더 내려갔다.

“이런 것이 농장생활이라는 거란다, 켄지.”

“경이로워요!”켄지는 놀라움을 감추지 못했다. 아마 수백 번을 봤을 테지만, 헨리도 매우 감명을 받은 듯했다.

"내 말을 들어봐, 켄지. 네가 일하게 된 것을 기념해서 송아지 이름을 짓고 싶은데……. 일본의 덩치 큰 레슬링선수들 이름 하나를 알려줄래?"

"스모 말씀하시는 거예요?"

"그래, 스모."

"'타카미야마' 아세요? 하와이 출신인 거구의 레슬러예요. 최초의 외국인 스모선수죠."

"그러면 '타카'로 해야겠다."

"소한테는 딱 맞는 이름이네요."

"타카는 임신하고 이듬해 송아지를 낳은 뒤부터 우유를 공급하기 시작하게 된다. 그때까지는 아무 걱정 없이 먹고 놀기만 하면 돼."

"송아지가 수컷이면 어떻게 되나요? 수컷 송아지들은 어떻게 하죠?"

"잘 먹인 뒤, 식용으로 시장에 팔지." 헨리는 모든 것을 사업을 하는 입장에서 말했다.

"정말 다행이에요. 타카가 암컷이어서."

"그럴 수밖에 없지. 여기는 방목장이 아니라 낙농장이야. 우리는 단지 우유를 얻기 위해 소를 기르는 거지, 식용이 아니야."

"받아들이기 힘드네요."

"존도 어릴 때 그랬지. 그 애가 좋아하는 수컷송아지를 애완용으로 키웠는데, 학교간 사이에 내가 팔아버렸어. 존이 집에 돌아와 소가 없어진 것을 알고, 며칠 동안 울었지. 그러나 농장일이란 결국 그렇다는 것을 배웠어. 농장에서 일어나는 일에는 모두 이유가 있다는 걸 알아야 해. 그게 무엇이든 농장에 가장 이익이 되는 일이고."

헨리가 트랙터를 멈추자, 두 사람은 트랙터에서 내려 무성한 잡초 사이를 걸었다. 메뚜기들이 회색, 갈색, 노란색, 선명한 적색의 화려한 날개를 펼치면서 그들을 피해 뛰었다. 켄지는 메뚜기들이 날갯짓하는 소리에 귀를 기울였다.

"여기 봐, 켄지!" 헨리가 땅을 가리키며 말했다.

여기저기 몇 개의 깊은 구멍들이 있었다.

"누가 여기에 폭탄을 떨어뜨렸죠?" 켄지가 농담을 했다.

"오소리야."

"어떻게 생겼어요?"

"갈고리 발톱을 가진 못생기고 작은 동물들이야."

"발톱이 날카롭나요?"

"매우 날카롭지. 땅을 잘 파기 위해 필수적인 거야. 생존을 위해 땅을 파거든. 녀석들은 구멍에 떨어져 잡힌 것들을 먹는데 심지어 토끼도 먹어. 매우 강한 동물들이야. 내가 어릴 때 우리 아버지가 오소리를 잡으려고 덫을 설치했어. 그런데 오소리는 자기 뒷발을 씹어 잘라내고 달아났어. 그 다음날 아버지가 다시 덫을 놓았는데, 이번에는 앞발이 남아 있었지."

"굉장하네요!"

얼마 동안 그들은 풀이 무성한 목장을 가로질러 걸었다.

헨리가 걸음을 멈추고 물었다. "켄지, '오레건 트레일'에 대해 들어 본 적 있어?"

"네. 미국 역사시간에 배웠어요."

"음. 이게 바로 대륙을 횡단한 마차바퀴 자국이야." 헨리가 나란히 깊게 패인 두 선을 손가락으로 가리켰다. 그것은 목장을 가로질러서 철조망 울타리 너머로 사라졌다.

"정말요?" 켄지가 호기심이 가득 찬 목소리로 물었다. "매우 역사적인 곳이네요! 아주 옛날이야기잖아요."

"1850년대에, 캘리포니아의 골드러시가 절정에 달했을 때 서부로 가는 포장마차가 5만 명의 남녀와 아이들을 태우고 이 길을 지나갔어. 수많은 마차들이 이곳을 통과해서 서부로 갔지. 내가 어렸을 때, 우리 할머니가 해주곤 하던 이야기야. 마차들은 사람과 짐을 잔뜩 싣고 있어서 매우 무거웠지. 그래서 이 자국이 아직도 여기에 뚜렷하게 남아있는 거야."

켄지는 수많은 마차들이 이곳을 지나가는 장면을 상상하려고 애썼다.

"캘리포니아까지 얼마나 걸렸죠?"

"병에 걸리거나 뱀에 물리거나, 또 인디언의 공격을 받지만 않으면 석 달쯤 걸렸어."

어린 시절 서부영화에서 본 인디언들의 습격 장면이 켄지의 머릿속에 잠시 스쳐지나갔다.

"사람들은 이것을 오레건 트레일이나 캘리포니아 트레일이라고 부르지. 서부로 떠난 사람들 중 대다수가 오레건과 워싱턴으로 농사를 지으러 갔거든. 그들 중 일부는 캘리포니아로 금을 찾으러 갔어. 그들을 '포티-나이너'라고 부른단다."

켄지와 헨리는 트랙터에 올라 타 집으로 출발했다.

헨리는 여전히 옥수수밭 생각에 골몰해 있었기 때문에 조지와 리사를 보지 못했지만 켄지는 볼 수 있었다. 두 사람은 집 근처 커다란 단풍나무 아래 벤치에 앉아 있었다.

그들은 트랙터가 다가오는 것을 보자, 재빨리 일어나 집 모퉁이를 돌아 사라졌다.

헨리는 옥수수들을 바라보고 있었다. 그보다 그에게 중요한 것은 아무것도 없었다.

19

타카가 태어난 지 하루가 지났다. 헨리는 그 송아지를 다른 소들로 부터 격리시켜 송아지 우리에 넣어야 한다고 했다. 조지와 켄지가 그 일을 해야 했다. 켄지는 그 일이 별로 내키지 않았다. 어린 송아 지를 어미에게서 떼어내는 건 슬픈 일이라는 생각이 들었다.

두 소년과 함께 소들이 모여 있는 우리로 가면서, 켄지는 마치 전 쟁터로 가고 있는 느낌이 들었다.

코뚜레를 끼고 있는 사나운 황소 세 마리가 우리의 가장자리에 느 긋하게 앉아있는 반면에, 백열아홉 마리 암소들은 일제히 일어나 어 미와 송아지에게 다가오는 세 소년을 가로막는 장벽을 만들었다. 어 미와 송아지는 물통 가까이에 함께 앉아 있었다. 소들은 마치 적을 대하듯 세 명의 방문객들을 의심스럽게 쳐다보았다.

존이 트럭을 가지러 떠났다. 켄지는 그가 운이 좋다고 생각했다.

"송아지를 떼어내는 일이 매우 힘들 것처럼 보여." 켄지가 소들에게 다가가며 말했다.

"소들이 저항 없이 쉽게 송아지를 포기하지 않을 것 같거든."

어미 소가 송아지 옆에 붙어 앉아 있는 것을 보고 켄지는 기분이 더 언짢아졌다. "만약 소들이 심리전에 대해 안다면 어떻게 될까." 켄지는 궁금했다.

"그러면 소들을 제어하기 위해 기관총이 필요할지도 몰라. 소들이 그 정도로 영리하지 않아서 다행이야."

"큰 싸움이 될 것 같다."

"켄지, 조심해야 돼. 소들은 정말 화가 나면 발로 차거든."

"조지, 나는 죄책감을 느껴. 태어난 지 겨우 하루 지난 송아지를 어미에게서 떼어놓다니……."

"감정이 중요하지 않다는 것을 알만큼 너도 여기에 충분히 오래 있었잖아."

"그래도 너무해."

"켄지, 넌 저쪽으로 가. 나는 이쪽으로 갈 테니까."

그들은 어미 소와 송아지를 떼어내려고 애썼지만, 쉽지 않았다.

소들은 머리를 낮추고 울부짖었다. 대부분의 소들이 어미 소와 송아지 주위로 모여들어 둘러앉았다. 켄지는 우울함과 무력감을 느꼈다. 송아지를 어미에게서 떼어놓아야 하기에 우울했고, 소 한 마리도 다른 곳으로 움직이게 할 수 없는 것에 무력감을 느꼈다. 존 또한 차를 우리 가까이 댈 수 없었다.

"우리들이 당장 할 수 있는 일이 아무것도 없어." 조지가 말했다.

"소들이 매우 화 나 있어."

"아버지를 기다리는 게 낫겠다."

헨리의 도움을 기다리기로 결정한 뒤, 조지와 켄지는 우리에서 철수했다. 소들은 아직도 타카와 어미를 둘러싸고 있었다. 소들은 마치 전투에서 승리한 후 휴식을 취하고 있는 병사들처럼 보였다. 켄지는 그들이 이긴 것이 내심 기뻤다.

"조지, 송아지를 어미 소와 하루만 더 함께 두는 건 어때?"

"무슨 말인지는 알겠어. 하지만 다른 좋은 방법이 없어. 너도 알잖아."

"송아지와 어미를 따로 두지는 못해?"

"그거 괜찮은데?"

그때, 헨리가 앞쪽에 큰 삽날이 달려있는 커다란 황색 트랙터를 타고 왔다. 조지는 아버지에게 다가가 켄지의 생각을 말했다.

"어서 빌어먹을 송아지나 끌고 와!" 헨리가 트랙터에서 소리쳤다. "돼지우리가 딱 네 자리인 것처럼 행동하지 말고."

조지와 켄지는 한 번 더 시도했다. 여전히 꼭 붙어 있는 어미 소와 송아지를 제외하고, 모든 소들이 다시 일어났다. 그러나 아까보다는 덜 반항적인 모습이었다. 헨리가 지휘하고 있기에 상황이 그들에게 유리하지 않다는 것을 아는 듯 했다. 헨리는 우선 소들에게 공포감을 주기 위해서 트랙터에 기어를 넣고, 질퍽한 땅 위에서 앞뒤로 요란하게 움직였다. 거대한 트랙터의 뒷바퀴가 큰 흙덩이들과 진흙을 튀겨댔다. 결국 타카와 어미 소를 제외한 다른 소들이 뒤로 물러났다. 켄지는 순진한 소들에게 트랙터가 탱크처럼 보였을 거라고 생각했다.

헨리가 트랙터를 몰고 어미 소와 송아지에게 가까이 다가갔다. 겁을 주기 위해 어미 소와 송아지 그리고 물통 주위를 여러 번 맴돌았다. 그는 트랙터에 달린 삽날의 높이를 낮췄다. 삽날 끝이 아슬아슬하게 소의 귀를 스쳤다. 켄지는 어미 소가 그다지 두려워하고 있지 않음을 느꼈다. 마침내 어미 소가 둔하게 몸을 일으키더니 송아지를 돌아보며 천천히 발걸음을 뗐다. 조지와 켄지가 달려가 단단하지만 부드럽게 송아지를 붙잡았다.

"조심, 조심!" 헨리가 삽날을 송아지 옆 진흙바닥에 내려놓으며 말했다.

조지와 켄지는 두려움에 떨고 있는 송아지를 삽날 위로 조심스럽게 올려놓았다. 농부가 두 소년과 송아지를 들어올렸다. 소년들이 타카를 단단하지만 부드럽게 붙잡고 있는 동안, 헨리는 소중한 짐을 싣고 붉은 트럭을 대놓고 기다리고 있는 존을 향해 천천히 다가갔다. 켄지는 송아지의 눈을 들여다보았다. 온순하고 순진한 눈망울에는 두려움이 가득했다. 또한 송아지의 몸은 젖었고 진흙투성이였다.

"감기에 안 걸리려나?" 켄지가 조지에게 물었다.

"괜찮아."

헨리가 트럭의 화물칸 높이에 닿을 때까지 삽날을 수평으로 조심스럽게 들어올렸다. 거칠게 명령을 내릴 때와는 달리 헨리는 섬세하게 행동했다. 조지와 켄지가 먼저 화물칸으로 뛰어 넘어가서 주의를 기울이며 타카를 옮겨 실었다. "출발!" 조지가 손으로 차문 외벽을 두드리며 외치자, 존이 시동을 걸었다.

존이 헛간을 향해 트럭을 몰고 가는 동안 켄지는 송아지를 부드럽게 쓰다듬었다.

그는 뒤를 돌아보았다. 모든 소들이 꼼짝 않고 자기 자리를 지키고 있었다. 소들은 멀어져 가는 차를 우두커니 바라보았다. 그들은 패배했지만 그것을 받아들이려 하지 않는 것처럼 보였다.

집으로 돌아가는 길에, 헨리가 켄지에게 말했다. "'부르웰'에서 로데오가 열리는데, 우리 가족 모두 갈 거야. 너도 같이 갔으면 하는데, 어때?"

"좋아요. 저는 로데오를 한 번도 본 적이 없어요."

헨리가 웃으며 그의 팔을 켄지의 어깨에 올렸다. 켄지는 예상했던 것보다 더 오랫동안 농장에 머무를 수밖에 없다는 것을 알고 있었다.

20

조지와 켄지는 자라온 환경이 전혀 달랐지만, 둘 사이의 우정은 옥수수가 자라듯 점점 돈독해져 갔다. 조지는 그날 저녁을 먹고 난 뒤 그랜드 아일랜드에 살고 계시는 조부모님에게 켄지를 보여주고 싶었다.

그들은 컨트리 하이웨이를 따라 달리고 있었다.

조지는 습관대로 라디오를 켜서, 차 뒤편에 달린 스피커 두 개에서 하드록음악이 요란하게 울려 나오게 했다. 켄지가 소리를 줄였지만 조지가 다시 높였다.

"조지, 속도 좀 줄여!"

"안심해. 사고 난 적 한 번도 없었으니까."

"넌 겨우 열아홉이야. 그렇게 오래 운전하지 않았잖아."

"열 살부터 운전했으니까 충분해. 바보 같은 촌에 있으니 백 살은 먹은 것 같아." 조지가 액셀을 좀 더 밟았다.

"그러다가 딱지 끊을 걸."

"상관없어."

"조지, 이곳에서는 다른 애들도 운전을 그렇게 일찍 시작해?"

"당연하지. 이 넓은 사막에서 뭘 하겠어?"

"그래, 네 말이 옳은 것 같다."

"켄지, 우리 할아버지는 술을 많이 드실 때가 있어. 일본인들에 대해서 생각 없이 말해도 기분 나빠하지 마. 2차대전에 참전하셨거든."

"걱정 마."

조지가 운전하는 차로는 그랜드 아일랜드까지 그렇게 오래 걸리지 않았다. 그들은 곧 시내에 도착했다. 마을은 황량했다. 모든 상점들은 문을 닫았고 인도에는 사람이 하나도 보이지 않았다. 움직이는 것은 오직 인도를 따라 달려가고 있는 작은 강아지 한 마리뿐이었다. 켄지는 멀리서 다가오는 기차를 보았다. 조지도 보았다.

"너한테 보여줄게 있어."

조지가 말했다. 자동차가 속도를 내면서 이차선 도로를 달리기 시작했다.

"안전벨트 했지?" 조지가 물었다.

"농담하는 거지? 그렇지?" 켄지가 말했다.

안전벨트를 하지 않고 조지와 차를 타는 것은 자살행위나 마찬가지였다. 켄지는 전방에서 깜박이는 건널목 신호등을 알아보았다.

"뭐하는 거야?" 켄지가 두려워하며 물었다.

"보고만 있어."

기차가 다가오고 있었고 종소리가 점점 커졌다. 켄지는 눈을 감고 싶었지만, 점점 가까워지는 건널목과 기차에서 눈을 뗄 수 없었다.

조지가 바로 앞에 있는 기차를 향해 달려들 것처럼 차를 몰았다. 그러더니 사이드 브레이크를 힘껏 잡아당기는 동시에 운전대를 돌렸다. 차의 뒤쪽이 미끄러지면서 방향을 완전히 반대로 틀었다. 그러고 나서 조지는 액셀을 힘껏 밟아, 다시 기차로부터 멀어지기 시작했다.

"조지, 뭘 하는 거야?" 켄지가 큰소리로 외쳤다.

"내가 얼마나 훌륭한 운전자인지 보여주고 싶었을 뿐이야."

"넌 운전할 자격이 없어."

"넌 너무 진지해, 켄지."

켄지는 조지와 더 이상 말하고 싶지 않았다. 그는 매우 화가 났다.

차는 시내 중심가를 빠져 나와 주택가를 천천히 지나가고 있었다.

조지는 차를 몰아 좁은 흙길로 들어섰다. 많은 미루나무들과 관목들 사이를 지나갔다. 마침내 켄지는 오른편 멀리 작은 호수 근처에 서 있는 낡고 하얀 트레일러를 보았다. 트레일러의 문 옆에는 해변용 의자 두 개가 나란히 놓여 있었다. 미루나무와 관목들이 호수를 빙 둘러싸고 있었다.

"저게 할아버지 댁이야!" 조지가 조금 신이 나서 말했다.

조지는 트레일러 앞에 차를 세웠다. 호숫가의 고운 모래에 낚싯대 두 개가 꽂혀 있었고, 미루나무와 관목들이 잔잔한 물 위에 그림자를 드리우고 있었다. 매우 평화롭고 여유로운 풍경이었다.

"로버트, 누가 왔는지 봐요!" 트레일러 안에서 한껏 들뜬 목소리가 들렸다. 조지와 켄지가 차에서 내리자, 짧은 회색 곱슬머리의 노파가 문밖으로 머리를 내밀어 미소 지었다.

"할머니, 이 친구가 켄지에요."

"안녕? 켄지." 그녀가 트레일러에서 나오면서 말했다. 그녀는 체구가 컸다.

"안녕하세요?" 켄지가 말했다.

"만나서 반갑구나." 그녀가 손을 내밀었다. "나는 '캐롤'이란다."

"반갑습니다." 켄지는 따뜻하게 꽉 잡아주는 그녀의 악수 방식이 좋았다. 그녀는 팔이 억세 보였다.

"꽤 많이 탔구나, 켄지." 그녀가 말했다. "농부라면 당연히 그렇지."

"켄지는 이제 진짜 바보 농부예요." 조지가 농담으로 덧붙였다.

캐롤이 미소를 지었다.

모두 다 함께 트레일러 안으로 들어간 뒤, 켄지는 주위를 둘러보았다. 오렌지색이 내부를 꾸미는 주요 테마였다. 모든 것들이 부분적으로 오렌지색이거나 또는 전체적으로 오렌지색이었다. 밝은 오렌지색 커튼이 오렌지색 벨벳 휘장 아래 드리워져있었다. 커튼은 짙은 오렌지색 융단에 닿아있었고, 검은색과 오렌지색 체크무늬 소파의 배경이 되어 주었다. 소파 위에는 헨리, 마이크, 존, 조지, 메리 그리고 나머지 가족들의 모습이 담긴 다양한 색의 액자들이 진열되어 있었다. 밝고 깨끗한 트레일러는 필요한 모든 것들이 갖추어져 있었으며, 잘 정돈되어 있었다. 매우 작고 안락한 안식처였다. 켄지는 일본에 있는 작은 집들이 생각났다.

회색바지와 흰 민소매셔츠를 입은 백발의 노인이 트레일러 끝에서부터 다가왔다. 조지가 노인에게 켄지를 소개했다. 노인은 몸집이 컸고, 자신의 아들 헨리와 마찬가지로 선원처럼 짧게 깎은 상고머리를 뽐내는 듯 했다.

"안녕, 켄지. 난 로버트야." 그들은 악수를 했다.

"사진에서 봤어요." 켄지가 말했다. 그는 로버트의 큰 손에서 굳은살이 만져지는 것을 느꼈다. 농부의 아름다운 손이라고 생각했다.

"와줘서 정말 기쁘구나. 너에 대해서 이야기 많이 들었다. 차는 어떻게 되어 가고 있니?"

"드디어 부품들이 도착해서 수리 중이에요."

"다행이구나. 잘 해결되었으면 좋겠다." 로버트와 조지와 켄지는 편안한 소파에 앉았다.

"내가 커피를 내려줄게." 캐롤이 명랑하게 말했다.

"낚시는 어땠어요, 할아버지?"

"좋았지. 하지만 고기는 얼마 못 잡았어. 작은 농어 몇 마리가 전부였지. 갑자기 소나기가 오는 바람에 언덕길이 진흙탕이 되어 떠날 수가 없었어. 해가 나서 움직일 수 있을 때까지 하룻밤을 머물러야만 했어."

"잠깐 뿌려지는 비가 얼마나 고마운지, 태양은 알기나 할까?" 조지가 말했다.

"너도 알다시피, 요즘은 강에 물고기들이 별로 없어. 농부들이 밭에 물을 대기 위해 지하수를 너무 많이 끌어올리기 때문이야. 강은 결국엔 말라붙고 말 거야."

로버트가 씁쓸하게 말했다.

갓 내린 커피향기가 금세 작은 트레일러 안을 가득 채웠다. 캐롤이 쿠키 한 접시를 가져왔다.

"초콜릿칩 쿠키를 좋아하면 좋겠구나. 오늘 구운 거란다."

켄지가 하나 집어 들었다. "맛있어요."

"좋아하니 기쁘구나." 그녀가 말했다.

"조지," 로버트가 말했다. "최근에 마이크 소식 들은 적 있어?"

"네. 2주 전에 편지를 받았어요. 잘 지내고 있대요. 이번 가을에 사냥하러 올 계획이라고 하더라고요."

"좋은 소식구나. 마이크가 복무를 연장할지 궁금하네."

"잘 모르겠어요. 그 문제에 대해서는 아무 말도 하지 않았어요."

"마이크는 해군이 잘 맞나보네. 넓은 세상도 보고, 새로운 것들도 배우고."

캐롤이 커피 따르는 것을 보면서 켄지는 로버트가 농부처럼 말하는 것 같지 않다고 생각했다.

"할아버지는 해병대에서 복무하셨어." 조지가 켄지에게 말했다. 그리고는 할아버지에게 몸을 기대면서 말했다. "할아버지가 말씀하시는 것을 들으면 아버지는 기절할 거예요."

"오, 헨리의 머릿속에는 항상 농장일 뿐이지. 심각할 정도야. 심각해." 로버트가 조지에게 말했다. 그리고 켄지를 바라보았다. "나는 45년 동안 농부로 살아왔어. 그래서 내가 무엇을 얻었나 보렴." 그는 켄지에게 손을 들어 보였다. 그의 손가락 안쪽은 비정상적으로 구부러져 있었다. 반 고흐라면 아름다운 농부의 손을 그리고 싶어 했을 거라고 생각하며 켄지는 로버트의 손가락을 펼쳐서 조심스럽게 만져보았다. "돌처럼 딱딱하네요."

"45년 동안 매일 트랙터 운전대를 잡으면 누구나 이렇게 될 거야." 그는 아무런 악의 없이 사실 그대로 말했다.

"이제 농장일은 안하시는 거예요?"

켄지가 묻자 로버트가 가볍게 웃었다.

"안 해. 그 시절은 영원히 가버렸어. 정말 다행이야. 사람들은 농부가 죽을 때가 되어야 은퇴한다고 말하지만, 난 좀 달라. 충분히 고생했어. 이제는 즐거운 시간을 보낼 시기야. 걱정과 고민거리는 다른 사람 몫이야. 그런 것들은 헨리나 가지라고 해. 헨리는 그걸 즐기고 있거든. 헨리는 세상이 농사로 시작해서 농사로 끝난다고 믿고 있어."

켄지는 그제야 조지가 왜 이곳까지 할아버지를 보러 오는 것을 좋아하는지 알 수 있었다. 로버트는 헨리와 정반대였다.

"만약 다시 인생을 시작한다면 직업으로 농업을 다시 선택하실 거예요?" 켄지가 물었다.

"전혀! 차라리 벼락 맞을 확률이 더 높아."

캐롤이 덧붙여 말했다. "우리는 관개된 농지를 믿지 않아. 신이 우리에게 비를 내려준다면 좋은 거고, 그렇지 않아도 좋아."

"우리는 주로 낚시를 즐겨. 여름 내내 네브라스카 여기저기에서 지내. 가을이 되면 텍사스로 이 트레일러를 끌고 갔다가 봄이 오면 고향으로 다시 돌아오지." 로버트가 말했다.

"농장일이 조금도 그립지 않으세요?" 켄지가 물었다.

"내가 왜 그렇게 오랫동안 했는지에 대한 의문 말고는 그것에 대해 생각해 본적 없어. 55년이다. 믿겨지니?"

"45년이라고 하셨던 것 같은데요." 켄지가 소심하게 이의를 제기했다.

"45년이든, 55년이든. 젠장, 100년 같았어."

켄지가 웃고 있는 조지를 쳐다보았다. 조지의 귀에 아름답게 울릴 만한 종소리군, 켄지가 생각했다.

로버트는 계속했다. "농장의 일부를 팔아서 조금은 투자했고, 남은 재산으로 이 트레일러를 샀어. 그 이후론 한 번도 뒤돌아 본적 없었어."

켄지는 캐롤이 매우 말수가 적다는 것을 깨달았다. 농촌여성은 수줍음이 많은지도 모른다는 생각을 했다.

마침내 그녀가 말을 했다. "맞아. 은퇴한 이후 이 트레일러와 트럭이 우리의 전부야."

남편과 마찬가지로 그 결정이 매우 만족스러운 것 같았다.

"그런데. 조지, 농장은 어때?" 로버트가 물었다. 진심어린 걱정이 아니라 그저 인사치레로 물어보는 것 같았다.

"아, 늘 똑같죠. 아시잖아요."

로버트는 동의한다는 듯 미소를 지으며 고개를 끄덕였다. 조지와 로버트는 농장에 헌신하는 헨리에 대해서 비슷한 의견을 나누고 있는 게 틀림없었다. 켄지는 헨리가 조지에게 흔쾌히 할아버지 댁 방문을 허락한 것이 조금 놀라웠다. 로버트가 조지에게 좋지 않은 영향을 준다고 생각할 것 같았다.

농장을 제외한 다른 이야기가 계속됐다. 조지의 할머니 할아버지는 조지의 친구들, 그의 자동차 그리고 앞날의 계획에 대해 물었다. 켄지는 조지가 내일 밤에 열리는 미인 선발대회에 리사가 참가하는 것에 대해 이야기하지 않는 것이 의아했다. 할머니 할아버지는 조지를 해리스 농장의 달갑지 않은 후계자로 대하지 않았다. 젊은 농부가 아닌 한 청년으로 대했다. 켄지는 그것이 좋았고, 조지도 마찬가지였다.

조지와 켄지는 그날 밤이 짧게 느껴졌다. 하지만 늙은 로버트와 캐롤은 밤이 깊어지자 피곤해 했다. 켄지는 즐거운 시간을 보냈다. 그는 노부부에게 작별인사를 하며 감사의 마음을 전했다.

조지와 켄지는 차에 올라탔다. 조지가 시동을 걸었다. 그리고 그들은 떠났다.

21

"네 아버지와 할아버지가 다른 건 너와 네 아버지가 다른 것과 비슷해."

"내가 어렸을 때 할아버지를 따라서 낚시하러 가곤 했어. 아버지가 할아버지를 조금이라도 닮았더라면 좋았을 걸. 할아버지는 아버지보다 더 현실적인 시각을 갖고 있거든."

운전하면서 조지가 말했다.

"음, 농부에게 땅을 빼앗으면 뭐가 남겠어. 열정이 없으면 사람은 죽은 거나 마찬가지잖아."

"나도 알아. 가만히 앉아서 놀고만 있으라는 의미가 아니잖아."

"너희 아버지는 내 아버지를 떠올리게 해. 내 아버지도 휴가도 없이 일만 하시지."

"내가 무슨 생각하는지 알아? 아버지는 군대라는 환상 속에서 살고 있는 것 같아. 자기는 지휘관이고 우리 가족은 부하 병사들이고 농장은 반드시 지키기로 맹세한 국가인 거야."

"네 아버진 최근에 운이 나빴잖아. 아마 그것 때문에 더욱 거칠어
지셨을 거야. 무거운 책임감 때문에 압박감을 느끼실 테고."

"아버지와 달리 할아버지는 매우 운이 좋은 편이었어. 같은 농장
인데도 할아버지가 농사를 짓는 동안은 피해를 입은 적이 단 한 번
밖에 없거든."

"아버지도 해병대에서 복무하셨어?"

"아니, 일찍 결혼하셔서 군대에 가지 않으셨어."

"그렇군."

"켄지, 맥주 한 잔 하러 갈래?"

"좋지, 근데 맥주 마시고 어떻게 운전하려고 그래?"

"문제없어, 옛날부터 해왔으니까." 조지가 대답했다.

"백 년 동안?" 켄지가 놀리며 말했다.

"잘 알고 있군."

조지가 차를 몰고 누추해 보이는 바의 주차장으로 들어갔다. 거품
을 내고 있는 샴페인 잔 모양의 하얀 네온사인이 고장 난 채 지붕 위
에서 절반만 깜박이고 있었다. 주차장에는 낡은 차들이 많이 세워져
있었다.

조지가 문을 열자, 바 안은 적막한 바깥과 달리 담배연기에 시끄러
움과 요란한 불빛으로 폭발할 지경이었다. 스무 명 가량 되는 사람
들이 주크박스에서 흘러나오는 컨트리뮤직에 맞춰 춤을 추고 있었
고, 열 명쯤 되는 사람들이 스툴에 앉아 있었다. 몇 사람은 바에 기

대어 서 있었으며, 모두들 맥주를 마시고 있었다. 그들은 부츠 신은 발로 음악에 장단을 맞추고 있었다. 조지와 켄지는 작은 테이블에 자리를 잡았다.

조지는 맥주를 주문했다. 바텐더가 맥주 두 병과 얼어있는 잔 두 개를 갖다 주었다. 조지는 그에게 돈을 지불하고 팁을 주었다. 두 사람은 리사가 미인선발대회에서 우승하기를 바라며 축배를 들었다. 그들은 조용히 맥주를 마시면서, 춤추는 사람들을 지켜보았다.

"있잖아, 켄지. 사실 난 리사가 내일 우승하게 될까봐 두려워."

"왜?"

"그녀가 우승하면, 왠지 그녀를 영영 잃어버리게 될 것 같아."

"무슨 뜻인지 이해해. 하지만 조지, 그렇게 생각하지 마."

"하지만 물론 리사가 우승하기를 바라."

음악이 끝나자, 춤추던 사람들이 맥주를 마시려고 각자의 테이블로 혹은 가운데로 흩어졌다.

조지는 동전 두 개를 들고 일어서서 주크박스를 향해 걸어갔다. 그러나 그는 동전을 그대로 손에 쥔 채 다시 돌아왔다.

"'레드넥(*역주: 교육 수준이 낮고 정치적으로 보수적인 미국의 시골 사람을 모욕적으로 일컫는 말)' 음악 밖에 없네."

"그게 뭐야?" 켄지가 물었다.

"아버지가 하루 종일 듣는 그 따위 음악들 말이야. 아버지는 이 바를 좋아하시겠네."

옆 테이블에 있던 턱수염을 기른 세 남자들 중 한 명이 대화를 듣고 일어서서 조지에게 물었다. "꼬마야, 컨트리음악이 뭐 어떻다는 거야?"

조지가 짜증스러운 듯 그들을 바라보았다. "지루하고 멍청한 늙은 이라면, 그런 음악이 좋겠죠."

"내가 지루하고 멍청한 늙은이라고?" 턱수염의 남자가 분명하게 말했다.

"그냥 농담이에요." 조지가 가볍게 말했다

"넌 우리가 농담도 못 알아듣는 줄 아냐?"

조지는 대꾸하지 않았다.

턱수염이 난 다른 두 남자가 테이블로 다가와 그들의 친구와 합류 했다. 켄지는 조지의 머리가 몇 분 안에 산산조각 날 것 같아 두려웠 다. 그러나 조지는 기분이 좋아 보였다. 할아버지 댁에 다녀온 게 그 에게는 큰 위로가 되었는지도 모른다고 켄지는 생각했다. 리사에 대 해 이야기를 나눈 것 또한 그의 마음을 가볍게 만들었을 것이다. 조 지는 자신감이 넘쳐 보였다. 특유의 침착함이 그에게서 뿜어져 나왔 다. 조지는 그 사람들을 쳐다보았지만, 아무 말도 하지 않았다. 그들 사이에 잠깐의 침묵이 감돌았다. 몇 초 동안 이어진 침묵이 켄지에 게 너무 길게 느껴졌다.

"저는 제 취향에 맞는 음악이 없어서 짜증 난 것뿐이에요." 조지가 말했다.

세 남자들은 투덜거리며 자기네 테이블로 돌아가 앉았다.

조지와 켄지는 안도의 한숨을 내쉬었다. 그들은 조용히 맥주잔을 비우고 일어서서 턱수염이 난 남자들에게 인사를 하고 바를 나왔다.

무사히 자동차에 올라타자마자, 갑자기 조지가 미친 듯이 웃기 시작했다. 멈출 수 없었다. 전염성이 강한 웃음이었다. 켄지도 조지를 따라 웃기 시작했다. 조지는 웃으면서 턱수염 난 남자들을 흉내 냈다. "지루하고 멍청한 늙은이라고?" 그는 과장되게 느린 말투로 따라했다. 어느 순간 켄지는 자신도 조지만큼 그 모든 상황을 즐기고 있음을 깨달았다.

22

일요일 저녁식사를 마치고 조지와 켄지는 미인선발대회를 보러 그랜드 아일랜드 시내로 갔다. 이미 많은 차들로 가득 찬 주차장에 들어서면서 그들은 흥분을 감출 수 없었다.

켄지는 리사가 며칠 동안 조지와 만나지 않았다는 사실과, 심지어 대회에 그를 초대하지 않았다는 것도 알고 있었다.

그들은 대회가 열리는 야외무대로 걸어갔다. 여기저기 화려한 색채의 깃발들로 온통 장식되어 있었고, 관중들도 매우 들떠 있었다. 조지와 켄지는 청바지를 입고 왔는데, 사람들 모두 갖고 있는 가장 좋은 옷으로 차려입은 모습이었다. 관중석은 꽉 차 있었다. 화려한 제복을 입은 고등학생 악대가 무대 옆에서 활기찬 음악을 연주하면서, 이제 곧 시작될 대회의 분위기를 고조시키려는 것 같았다. 켄지는 네브라스카가 미국이라는 사실을 다시 실감할 수 있었다. 전형적인 미국 분위기였다.

"왜 이렇게 안 나오는 거야." 조지가 애태우며 말했다.

"리사는 아마 기절할 만큼 멋진 옷을 입고 나올 거야."

부드러운 음악으로 바뀌며 관객의 뜨거운 박수와 함께 참가자들이 무대 위로 등장했다. 미인선발대회가 시작됐다.

"리사 정말 예쁘다. 안 그래, 켄지?"

"완벽해."

무대 위에서 그녀가 소개되었을 때, 조지는 리사를 쉽게 알아보지 못했다.

"완전히 다른 사람 같아."

"아름답다, 정말."

"엄청 날씬한데?" 조지가 말했다.

"리사가 우승할 것 같아."

"가능성이 있어."

리사는 관중들에게 짧게 자기소개를 한 후, 대회의 장기자랑 순서에 따라 미국을 찬양하는 '양키 두들 댄디'라는 곡에 맞추어 탭댄스를 멋지게 선보였다.

그 연기는 매우 세련됐고, 우레 같은 박수갈채를 받았다.

"저렇게 춤을 잘 출 줄이야."

"우승은 확정이야!" 조지가 자랑스럽게 말했다. 그는 잠시 침묵했다가 말을 이었다. "켄지, 나 진짜 리사를 사랑해."

"사랑한다는 건 좋은 거지, 좋은 거야." 켄지가 대답했다. 갑자기 그는 잉가가 그리워졌다. 지금 그녀와 함께 있으면 좋겠다는 생각을 했다. 그러나 조지와 리사에게 방해가 되는 말은 하고 싶지 않았다.

수영복 심사가 시작되었다. 리사는 아름다웠다.

"끝내주는군." 조지가 말했다.

조지는 배심원들이 들으라는 듯 큰 소리로 응원하고 있었다. 조지와 켄지는 후보자들이 배심원 앞을 활보할 때마다 한 사람씩 리사와 비교했다.

켄지는 조지가 대회에 열중하는 모습을 보자 기뻤다. 켄지가 알고 있는 조지는 늘 부정적이었다. 조지는 농장일과 그의 아버지의 사고 방식 그리고 농촌에 갇혀 있는 것을 좋아하지 않았다. 켄지는 조지가 매우 긍정적인 태도를 보이는 것이 반가웠다.

비즈니스 정장을 차려 입은 사회자가 무대 위의 마이크로 다가오자, 켄지와 조지가 그에게 시선을 집중했다. "자, 올해 옥수수대회 우승자는…… 리사 신더!"

"해냈어. 켄지, 리사가 해냈다고!!" 조지가 큰 소리로 외치며 위아래로 뛰었다.

"리사에게 분명히 생애 최고의 순간일 거야." 켄지가 말하자 조지는 자리에 앉으면서 켄지를 향해 외쳤다. "리사가 드디어 원하던 걸 얻었어, 그동안 노력한 결실을 맺은 거야."

"리사는 그럴만한 자격이 있어."

"빨리 와, 켄지. 가서 축하해주자!" 대답할 새도 없이, 조지는 켄지의 팔을 잡고 군중들을 뚫고 무대로 갔다. 많은 참가자들이 새 여왕과 포즈를 취하고 있었다.

리사는 사람들에게 인사하느라 분주했다. 그녀가 조지와 켄지를 보았을 때, 그녀의 얼굴은 더욱 밝아졌다. 눈물이 그녀의 뺨을 타고 흘러내렸다. 조지는 그녀를 포옹하고 싶었지만, 마치 가족끼리 오래 동안 가깝게 지내온 친구처럼 말을 건넸다.

"많이 떨렸어?"

"응. 상상도 할 수 없을 만큼."

"기분이 어때?"

"하늘을 나는 기분이야! 이 꽃 예쁘지?"

"정말 축하해." 조지가 말했다.

"고마워." 그녀는 친척 오빠에게 하는 것 같은 말투로 대답했다.

"리사, 어디 가서 얘기 좀 할까?"

"글쎄, 난 여기서 사진을 찍어야 할 것 같아."

"그 후에는?"

"음. 사진 찍고 나서 파티가 있는데, 거기 가기로 되어 있어."

아무 말도 없이 돌아선 조지는 차에 타서 켄지에게 조수석 문을 열어 주었다. 조지답지 않게 록음악도 틀지 않은 채 침묵을 지키며 밤길을 달렸다.

23

미인대회에서 돌아오는 길은 길었다. 그들은 내내 침묵을 지켰다. 켄지는 조지가 의기소침한 이유를 이해할 수 있었으므로 마음이 편치 않았다.

"집에 돌아가서 헛간에 올라가 잠시 얘기 좀 하자. 얘기하기엔 거기만한 곳이 없어."

"그래." 켄지가 대답했다.

그들은 집으로 돌아와, 아무도 모르게 조용히 헛간 근처에 주차했다. 그들이 온 것을 아무도 알아차리지 않기를 바랐다. 둘은 차에서 살그머니 내려 조심스럽게 헛간 문을 열었다. 누군가가 봤다면, 도둑들이라고 생각했을 것이다. 어두운 헛간으로 들어가자마자, 그들은 건초더미가 쌓여 있는 위층으로 올라갔다. 조지가 작은 전구를 켰고, 둘은 건초더미에 편안하게 기대어 앉았다. 켄지는 건초냄새가 좋았다.

"켄지, 모든 계획이 수포로 돌아가 버렸어. 췌비를 타고 경주도 하고, 여기서 나가서 리사와 결혼도 하고, 그랜드 아일랜드에서 정비사가 되려고 했는데. 리사와 함께 완벽하게 계획을 세워놓았지. 그런데 이제 어떻게 해야 할지 모르겠어." 조지가 낙담한 목소리로 말했다.

"음, 조지. 리사 외에는 아직 모든 걸 할 수 있잖아."

"나도 알아. 이 모든 걸 이루려면 리사가 있어야 돼. 그래서 그런 것들을 하려고 했던 거야."

켄지는 자기가 잉가를 사랑하지 않았다면, 포르셰를 타고 대륙을 횡단할 엄두도 내지 못했을 것임을 갑자기 깨달았다.

"조지!" 켄지가 갑자기 말했다. "리사 없이 네가 계획했던 모든 것을 해보는 게 어때?"

"좋은 결과를 내진 못할 거야. 목표달성은 꿈도 못 꿔."

"리사가 마음을 바꿔서 너한테 돌아올지도 몰라, 조지." 켄지는 그의 아버지에 관해서 자신에게 하는 말처럼 들렸다.

"그때 난 여기에 없을지도 몰라."

"리사가 너를 다시는 안보겠다고 말하지 않았잖아. 그렇지 않아?"

"음, 맞아. 엄밀히 따지면."

"아마 네 느낌이 틀렸을 거야. 몇 주 혹은 몇 달 내로 상황이 달라질 거야. 지금은 리사가 대회에서 우승했기 때문에 들떠 있을 것이고, 여러 가지 생각이 많을 거야. 시간을 좀 줘."

"기다려야 한다는 걸 나도 알아. 하지만 난 못 기다려."

"때로는 모든 일이 스스로 해결될 때까지 기다리는 게 필요해. 만약 이루어질 결과라면 반드시 그렇게 될 거야."

"나도 알아."

몇 분 동안 어색한 침묵이 흘렀다. 그때 아래층에 있는 송아지들이 발을 끌며 술렁이는 바람에 정적이 깨졌다. 켄지는 이상하다고 생각하지 않았지만, 조지는 즉시 몸을 일으키며 말했다. "뭔가 이상해!"

"조지, 너는 너무 예민해."

"농장에서 오래 일했기 때문에 동물들이 이상하게 행동하는 게 무슨 의미인지 잘 알아."

"누군가가 소들과 장난치는 거 아닐까?"

"소들은 우리가 느끼지 못한 걸 눈치챈 것 같아."

조지가 몇 차례 냄새를 맡더니 소리쳤다.

"이런, 연기가 나. 불이야!"

"어디, 조지! 어디서?"

"어딘지 몰라." 그가 극도로 흥분해서 말했다.

"근데 이 근처야! 만약 우리가 지금 당장 끄지 않으면, 큰일 날 거야! 이곳이 순식간에 사라져 버릴 거야."

그들은 연기가 나는 곳을 찾기 위해 다락 주위를 이리저리 움직였다. 다락은 어두웠고, 그래서 연기 나는 곳을 찾는 게 매우 힘들었다. 그들이 있는 헛간의 반대편 구석에서 연기가 났다. 마침내 켄지가 한 구석에서 연기가 나는 것을 발견했다.

"불이야, 불! 여기!"

켄지가 소리쳤다. 그는 재빨리 근처에 있던 작은 밀가루 자루로 연기를 잡고 불을 끄려고 했다. 갑자기 작은 불꽃이 그에게 튀었다. 얼굴이 탈 뻔했다. 또 다른 불꽃이 그를 향해 덮쳤다.

조지가 헛간 반대편에서 뛰어오고 있었다. 불은 지붕까지 번지고 있었고 연기가 너무 심해서 눈앞이 안 보일 정도였다. 켄지는 갑작스럽게 치솟은 강렬한 불과 연기로 인해 정신이 혼미해졌다. 그는 건초더미에 몸을 기댄 채 숨을 쉬려고 애썼다.

"켄지! 켄지! 괜찮아?" 그는 조지에게 고개를 끄덕이며 괜찮다고 했다. 그러나 연기가 더 자욱해지면서 다락의 구석까지 뒤덮었다. 켄지의 상태는 더 나빠졌다. 너무 많은 연기를 들이마셔서 기침을 멈출 수 없었다. 연기는 조지에게도 영향을 미쳤다. 그는 모자를 벗어 입을 막았다. 연기 속에서 어느 정도 벗어나자, 두 청년은 다시 평소처럼 숨을 쉴 수 있었다.

"송아지를 내보내자. 빨리!" 조지가 계단을 뛰어 내려가면서 소리쳤다. 켄지는 그 뒤를 따랐다.

조지가 미닫이문을 여는 동안, 켄지는 모든 송아지를 내보내기 위해서 작은 우리로 달려갔다. 그때 그는 우리 문을 열지 않아도 되는 것을 깨달았다. 모든 송아지들이 쓰러져 있었다. 잠들어 있는 것처럼 보였지만, 그들의 폐는 연기로 가득 찼고 질식한 상태였다.

모든 것을 포기하고, 켄지와 조지는 집을 향해 뛰며 소리쳤다. "불이야! 불이야!"

헨리가 믿을 수 없다는 표정으로 집에서 뛰쳐나오며 외쳤다.

"불이 어디서 났어?"

"다락이요. 아버지, 다락이에요!"

헨리는 불이 강렬하게 타고 있는 헛간 모퉁이 꼭대기를 바라보았다. "가만히 서 있지 말고 빨리 송아지들을 풀어줘!"

"아버지, 너무 늦었어요."

까만 연기가 열려있는 헛간의 미닫이문과 벽의 틈사이로 빠져나오고 있을 때, 헨리는 즉시 몸을 돌려 집으로 달려가 화가 난 채 소방서에 전화를 걸었다.

"켄지!" 조지가 외쳤다. "호스를 가져와서 우유저장고에 물을 뿌려!" 조지와 켄지는 소방차가 오기 전까지 불길을 잡기 위해 할 수 있는 일은 무엇이든 하려고 헛간으로 달려갔다. 그러나 불길은 이미 걷잡을 수 없는 상태였다.

불꽃은 지붕과 헛간 옆쪽에서 날름거렸고, 연기는 밤하늘로 소용돌이치며 올라갔다. 소들은 헛간 밖에서 송아지들을 향해 불길하게 울부짖었다. 헛간에서 고기 타는 냄새가 났다. 소방차가 멀리서 사이렌을 울리며 다가왔다. 켄지는 물을 뿌려 불길을 막아보려 했다. 그러나 헛간은 믿을 수 없을 정도로 빠르게 화염에 휩싸여 파괴되어 가고 있었다.

소방차가 농장으로 들어왔으나, 소방관들은 엄두를 내지 못했다. 불이 나고 10분도 지나지 않아 모든 것이 통제불능이 되어 버렸다. 도저히 막아낼 수 없는 불이었다. 할 수 있는 일이라고는 불에서 멀찍이 떨어져 있는 것뿐이었다. 다행히도 불길이 집으로까지 번지지는 않았다.

그리고 모든 것이 끝났다. 그토록 평화롭고 풍요롭던 헛간은 폐허가 되어 형태조차 알아볼 수 없었다. 오직 사일로만이 우뚝 서 있었다. 다행히도 헛간 밖에 있던 젖 짜는 소들은 모두 무사했다. 그러나 타카를 비롯해서 우리에 있던 모든 송아지들은 화마를 피할 수 없었다.

어두운 밤, 헨리는 홀로 서 있었다. 사람들은 그를 위로하려 했다. 그는 모두를 물리치고 오직 홀로 있기를 원했다. 불과 한 시간 전만해도 자기 인생의 자랑이었던 것을 바라보며 우두커니 서 있었다. 그것들은 검게 탄 기둥으로 변해 어둠 속에 서 있었다. 착유장비도 모두 쓰레기가 되어 버렸다. 헨리는 그 자리에 서서 오랜 시간 어둠을 응시했다. 완고한 황소처럼 움직이지 않았다. 숨도 쉬지 않는 듯했다. 갑자기 그는 몸을 돌려 집을 향해 걸어갔다. 켄지와 조지는 부엌에 서 있었다. 헨리가 부엌문을 박차고 들어왔다.

"헛간에서 뭐하고 있었어?" 그는 분노에 가득 차서 조지에게 물었다.

"저와 켄지는……."

"난 켄지를 말하는 것이 아니다. 너에게 물어보는 거야. 녀석아!"

"저희는 집에 온 후에……."

"난 네가 집에 들어오는 소리조차 못 들었어."

"저희는 조용히 집으로 돌아와서 다락으로 올라갔어요. 그리고 거기 앉아서 얘기를 나눴어요." 조지가 자신 없는 목소리로 대답했다.

켄지도 무슨 말이든 하려고 했지만, 헨리는 이제 그를 가족의 일원으로 대하지 않았다.

"다락에서 무슨 짓을 하고 있었어? 술 마셨어?"

"어처구니없는 이야기네요. 말했잖아요. 켄지랑 제가 거기 올라가서……."

"켄지는 빼고 말하라니까!"

"네, 제가 그곳에 올라가서 불을 켰어……."

"뭐라고?" 헨리는 폭발할 것처럼 소리쳤다.

"불을 켰다고 말했어요."

"너도 알다시피 전구 연결 상태에 문제가 있어서 그것을 고쳐야겠다고 네 엄마에게 오늘밤 말하려던 참이었어."

"저는 오늘밤 내내 나가 있었어요. 제가 그걸 어떻게 알겠어요?"

조지가 거의 울먹이며 말했다.

"잘난 체하며 입 놀리지 마라. 상태 안 좋은 걸 당연히 알았어야 했어."

"어떻게요?"

"몇 년 동안 안 좋았어." 헨리가 대답했다.

"그럼 왜 안 고치셨어요? 보험이라도 들어놨으면, 헛간을 새것으로 지을 수도 있었잖아요." 조지는 헨리로부터 돌아서 걷기 시작했다.

"내 탓하지 마. 그게 너의 나쁜 점이야. 넌 항상 네 잘못을 남에게 돌려."

"편안히 잘 지내세요." 조지가 헨리를 외면하며 말한 뒤, 계단을 올라가며 덧붙였다. "난 더 이상 이곳에 있고 싶지 않아요."

메리가 그에게로 가려고 했지만, 헨리의 표정이 그녀를 제지했다. 조지가 떠나는 것을 원하는 표정이었다. 켄지는 부엌 창문을 통해 남은 소방차들이 천천히 떠나는 것을 바라보았다. 부서진 헛간의 잔해들이 달빛을 반사시키는 모습도 볼 수 있었다. 조지를 제외한 모두가 슬픔에 잠겨 식탁에 앉아 있었다.

헨리가 이웃들에게 전화를 걸어 소들을 돌봐달라고 도움을 요청하는 동안, 켄지는 계단을 뛰어 내려가는 발자국 소리를 들었다. 조금 있다가 밖에서 차문이 쾅 닫히는 소리가 들렸다. 엔진 소리를 듣고, 켄지는 부엌 밖으로 달려 나갔다. 그가 마지막으로 본 것은 조지의 쉐비가 어둠 속으로 사라지는 장면이었다.

농장을 떠나는 것인가? 그렇다면 어디로 가려고 건가? 조지가 돌아왔으면 좋겠다고 켄지는 혼잣말을 했다. 켄지는 해리스 가족을 생각하면 마음이 안 좋았다. 그리고 이상하게도, 그는 화재에 대해 책임감을 느꼈다. 아마도 그가 함께 있지 않았다면, 조지가 다락으로 올라가지 않았을지도 모른다. 아니면 자기가 다락이 아닌 다른 장소로 가자고 말했어야 했다. 어딘가로 가야만 하는 소들을 생각하자 더욱 마음이 아팠다.

늦은 밤, 이웃 낙농가들이 가축용 화물차를 갖고 와서 소들을 실어가기 시작했다. 기나긴 밤이었다.

24

사흘이 지난 뒤 엽서 한 장이 도착했다. 텍사스에서 조지로부터 온 것이었다. 조지는 그곳에서 만난 사람의 아파트에 머무르고 있었다. 그는 가족과 친구가 그립다든가, 혹은 얼마만큼 그들을 걱정하는지에 대해서는 언급하지 않았다.

헨리는 아들을 용서하지 않았다. 그리고 그런 식으로 집을 떠난 것에 대해서도 용서하지 않았다. 하지만 그를 조력자이자 아들로서는 그리워하고 있었다. 헨리는 어느 날 조지가 그의 역마살을 전부 벗어버리고 다시 돌아와 기꺼이 정착할 거라고 말했다. 메리 역시 매우 화가 났다. '집에 있는 게 왜 그토록 싫을까?' 메리는 혼잣말을 했다. '그냥 가까운 오마하 같은 데 가면 안 돼? 왜 그렇게 멀리 가야만 해? 다치기라도 하면 어떻게 해? 잘 먹지도 못하면?'메리의 말을 들으면서 켄지는 자기 어머니가 말하는 것을 듣고 있는 기분이었다. 켄지의 어머니도 비슷한 말을 하곤 했다. 사실 켄지는 다른 이들만큼 조지가 그리웠다. 두 사람은 함께 즐거운 시간을 보냈다. 켄지는 조지가 마음을 바꿔 돌아오기만을 바랐다. 그는 여전히 화재에 대해 책임감을 느꼈다. 그날 밤 조지와 같이 있지 않았다면, 조지가 집을 떠나지 않았을지도 모른다는 죄책감을 느꼈다.

존은 조지가 떠난 후에 매우 성숙해진 것처럼 보였다. 누구보다도 모든 상황을 능숙하게 처리했다. 그리고 조지가 결국은 집을 떠날 줄 알았으며 다만 이 사건이 그것을 앞당긴 것뿐이라고 말했다. 가족 모두 조지의 엽서를 읽은 뒤 메리는 그것을 사진첩 안에 꽂아 두었다. 불이 헛간을 집어 삼켜버린 이후로 메리는 더 이상 켄지의 자명종 역할을 하지 않았다. 다시 태양이 그의 자명종이 되었다. 그는 건강한 청년으로 돌아왔다. 토요일 오전, 아침식사를 마치고 헨리는 켄지를 포함한 가족들 모두와 네브라스카 로데오에 가기로 결정했다.

"우리에게는 아직 해야 할 일과 살아가야 할 날들이 있어. 부정적인 일이 일어났다고 해서 모든 것을 멈출 수는 없다. 우리는 견뎌내야만 한다. 결과적으로 모두에게 더 좋은 일이 될 수도 있어. 지난밤에 생각해 봤는데, 소들을 잘 키워서 다른 이들에게 팔아 우유를 짜게 하는 일이 더 나은 것 같아. 이제는 젖소들을 키우는 일만 하고, 더 이상 낙농업은 하지 않기로 했다! 어쨌든 지금 당장은 어떻게 할 수가 없으니까. 삶이 계속 되고 있는 한, 우리도 계속 살아야 해." 헨리가 말했다.

아무도 그의 말에 반박할 수 없었다. 그러나 해리스농장의 외관과 분위기가 바뀌었고, 조지 없이 어떻게 농장이 굴러갈지 아무도 예상하기 어려웠다. 한 가지 분명한 것은 헨리가 이미 일어난 일과 바꿀 수 없는 것에 대해 곱씹지 않기로 결정한 것이었다.

존은 농장을 돌보기 위해 집에 남아 있겠다고 자청했다. 헨리와 켄지와 메리는 모두 깔끔하게 옷을 갈아입고 로데오로 출발했다. 어떻게 보면, 이번 여름 동안 켄지에게는 가장 인상적인 일이 될지도 모르고, 헨리에게는 최근에 농장에서 일어난 재앙들을 잊을 수 있는 절호의 기회이기도 했다.

헨리는 하이웨이를 달리면서 습관적으로 컨트리뮤직을 틀었다. 그는 늘 그랬듯이 의견을 제시한 뒤 스스로 판단을 내렸다. 헨리는 시골풍경을 지나치면서 동시에 설명을 덧붙였다. 미루나무는 매우 아름다운데 그건 물을 많이 필요로 하지 않기 때문이라는 것과 해바라기는 쓸모가 없는데 그건 물을 많이 요구하기 때문이라는 것을 알려줬다. 또한 농부들이 농작물을 재배하기 위해 물을 많이 끌어와서 강물이 말라가고 있는 것도 언급했지만 그것에 아무 책임감도 느끼지 않는 것 같았다. 하이웨이를 달리는 동안 창문으로 옥수수와 최근에 베어 놓은 자주개자리의 달콤한 향기가 전해졌다.

"켄지, 저기 봐!" 운전을 하면서 헨리가 오른쪽으로 황폐해진 밭을 가리켰다. 밭에는 옥수수 한 줄기도 찾아볼 수 없게 파괴되어 있었다. "우박 때문에 저렇게 됐어." 헨리는 마치 장례식장에서 추도의 말을 하듯 진중한 목소리로 말했다.

"언제 이렇게 된 거예요?" 켄지가 물었다. 그는 충격을 받았다. 상상했던 것보다 심각했다.

"아마 일주일 전쯤."

"뉴스에서 아무 이야기도 못 들었는데요." 켄지가 말했다.

"자주 발생하는 일이야. 자기 밭에 떨어지지 않으면, 아무 일도 아니지."

"난 저런 모습은 보고 싶지 않아." 메리가 한숨을 쉬었다. "우리가 당했을지도 모르는 일이야."

무참히 파괴된 옥수수밭을 지나친 뒤, 헨리가 하이웨이에서 좁은 시골길로 접어들기 전까지 세 사람은 잠시 아무 말도 하지 않았다. 헨리의 숙모 숙부인 티즈와 로이가 살고 있는 언덕 꼭대기로 가는 길에는 자갈들이 엉성하게 깔려 있었다.

켄지는 차 뒤에 날리는 자욱한 흙먼지를 보며, 차 밑에서 서로 부딪치며 튀는 자갈 소리를 들었다. 헨리가 운전을 하면서 언덕을 올라가다가 켄지에게 말했다.

"마이크가 지난 가을에 저쪽에서 노루 한 마리를 잡았어."

"이 근처에 노루가 많이 있어요?"

"많지, 눈에 잘 띄지 않을 뿐이야."

언덕 꼭대기에 도달하자, 물이 충분히 공급되지 않아 키는 작았지만 평탄하게 펼쳐져 있는 옥수수밭이 보였다. 길가에 늘어서 있는 옥수수 줄기들이 흙먼지에 뒤덮여 있었다.

"가엾게도 메말라 있군!" 헨리가 외쳤다.

그들은 가파른 흙길로 꾸준히 올라가면서 언덕 꼭대기를 향해 계속 차를 몰았다. 마침내, 급한 커브길을 지나자, 크고 붉은색의 낡은 헛간이 왼쪽에 나타났다. 멀리 오른편에 자리 잡은 평화로운 언덕 위에 2층으로 된 빛바랜 파란색 나무집이 서 있었다. 집 주위에는 크고 훌륭한 나무들이 울창했다. 마당 구석에는 차고 미닫이문의 위쪽 받침대 역할을 하는 단면 2×4인치의 재목이 불쑥 튀어 나와 있었다. 받침대의 쬠쇠는 지지대에 못으로 박혀 있었다. 그사이로 키큰 풀들이 보이지 않는 경사면으로 기울어져 있었고, 차고는 장미색 태양빛을 반사하고 있었다. 오래된 마차바퀴 두 개가 화단에 장식용으로 나란히 기대어져 있었다. 가지가 무성한 미루나무들이 헛간을 둘러싸고 있었고, 매미들은 요란하게 여름을 노래하고 있었다. 반대편에는 또 다른 오래된 헛간이 있었다.

헨리가 스테이션 왜건을 집 앞 나무 그늘에 세우자, 헨리의 숙모와 숙부인 노부부가 반가워하며 그들을 맞이했다.

헨리는 그들에게 켄지를 소개했고, 그들은 온 마음으로 환영했다. 켄지가 악수를 하기 위해 노인의 큰 손을 잡았을 때, 노인의 따뜻하면서도 단단한 굳은살을 느낄 수 있었다.

"우리는 네브라스카 산 정상에 도착한 거야." 헨리가 농담으로 말했다.

"네브라스카에는 개미탑조차 없을 줄 알았어요." 켄지도 농담으로 받았다.

메리가 티스와 함께 집으로 들어간 후, 로이는 켄지를 자신의 오래된 지프에 태워 언덕을 보여주고 싶어 했다. 세 사람은 지프에 올라탔다. 켄지는 로이 옆에 앉았고 헨리는 뒷좌석에 앉았다. 로이는 바퀴자국을 따라 울퉁불퉁한 길을 천천히 운전했다. 두 줄로 이어진 바퀴자국은 헨리의 목장에 있는 오레곤 트레일 만큼 단단해 보였다. 언덕은 마른풀로 덮여 있었고 협곡 여기저기에 덤불들이 보였다.

로이는 운전을 하면서, 그가 어떻게 광대한 언덕의 주인이 되었는지, 다른 농부들에게 어떻게 낮은 언덕에 있는 옥수수밭을 빌려주었는지를 쾌활한 목소리로 켄지에게 설명했다. 서늘한 바람에 풀이 부드럽게 흔들렸다. 모래 빛깔을 띤 갈색토끼가 언덕을 가로질러 뛰어갔다. "산토끼다!" 토끼가 구렁으로 사라짐과 동시에 헨리가 소리쳤다. 언덕 맞은편에는 한 무리의 소들이 작은 연못 주위에 모여 있었다.

저 멀리 비행기가 언덕을 가로지르며 날아갔다. 비행기는 매우 작게 보였다. 햇빛을 받아 반짝이는 비행기의 엔진소리가 적막한 언덕에서 뚜렷하게 들렸다.

그들은 뷔페식 점심을 먹기 위해 집으로 돌아갔다. 집은 안락하고 시원했다. 모두들 붉은색 식탁보가 덮인 탁자에 앉았다. 그레이비소스를 곁들인 구운 칠면조, 다양한 종류의 신선한 샐러드, 갓 구운 빵과 초콜릿케이크가 크리스털 접시와 그릇들에 담겨 준비되어 있었다. 레드와인을 기다리는 우아한 와인 잔도 있었다.

그 집 자체는 켄지에게 조지의 할머니 할아버지를 떠올리게 하지 않으나, 사람들은 그러했다. 로이 숙부 또한 은퇴한 농부였고 그의 손가락은 헨리의 아버지 로버트처럼 심하게 휘어져 있었다. "오랫동안 트랙터 운전대를 잡은 결과지." 로이가 말했다.

티즈도 헨리의 어머니 캐롤과 크게 다르지 않았다. 그들은 모두 말수가 적었고, 남편이 대부분의 말을 하도록 했으며, 음식을 차리고 뒷정리하는 일만을 그들 일로 한정했다. 켄지는 그녀들이 개인적으로는 더 당당할 것이라고 느꼈다. 하지만 방문객과 함께 있을 때는 남편을 존중했다.

즐거운 점심식사를 마치고 로이와 티즈도 함께 로데오로 향했다. 가는 길은 웃음과 대화로 가득했다. 켄지는 헨리와 메리의 웃는 모습을 보고 기뻤다. 최근 농장일 때문에 그들은 웃을 일이 별로 없었기 때문이다.

30분 뒤, 하이웨이에 걸려 있는 큰 현수막을 아래를 지날 때 모두가 흥분했다. '브루웰에 오신 것을 환영합니다, 네브라스카를 대표하는 가장 큰 로데오가 열리는 곳!'

헨리의 차는 소형트럭과 캠핑차량으로 꽉 찬 주차장에 들어섰다. 차를 주차한 뒤 일행은 몹시 붐비는 사람들 사이를 걷기 시작했다. 사람들 대부분은 농부와 그 가족들이었다. 사람들은 큰 농기구와 장비를 진열해 놓은 곳에 모여들었다.

"새 장비를 둘러보는 농부들은……." 헨리가 켄지에게 말했다. "최신 유행하는 옷을 둘러보는 여자들과 같아."

매표소로 가는 길에 그들 다섯 명은 천천히 걸으면서 제조업자들이 내놓은 새로운 경쟁모델 제품들을 비교했다. 헨리는 기능이 개선된 관개기구들을 일일이 켄지에게 설명해주었다.

헨리가 기계에 열중해 있는 동안, 켄지는 카우 걸 옷을 입은 소녀에게 눈길이 갔다. 암갈색머리를 가진 소녀는 매우 매력적이었다. 소녀는 털 손질이 잘 되어있고 발목에는 흰 압박붕대가 감겨 있는 밤색 말을 끌고 있었다. 말은 가장자리에 은색으로 테를 두른 부드러운 담요 위에 윤이 나는 안장을 뽐내고 있었다. 그 소녀와 말은 당당하게 전시장 안을 돌았다. '영화에 출연해도 되겠네.' 켄지가 혼잣말을 했다.

그들은 농기구 전시장을 지나 로데오경기장으로 향했다. 상처를 입거나 다리가 부러져서 목발을 짚고 있는 카우보이들이 군중 속에 섞여 있었다.

헨리가 한 사람 앞에 한 장씩, 다섯 장의 티켓을 샀다. 그리고 일행은 많은 사람들을 뚫고 물결모양으로 주름진 양철 지붕이 그늘을 드리고 있는 관중석 중앙을 향해 발걸음을 옮겼다. 지붕을 받치고 있는 하얗고 낡은 기둥들은 지붕의 무게 때문에 곧 붕괴될 것처럼 보였다. 그렇지만 군중의 화려한 옷차림과 경기장 장식들이 시설의 칙칙한 분위기를 가려주었다. 모든 기둥마다 위쪽 부분은 밝고 화려한 깃발들과 삼각기들로 장식되어 있었다.

그늘에 앉아 있었음에도 매우 더운 오후였기 때문에 아무도 모자를 벗지 않았다. 뜨거운 태양아래 앉아 있는 관중들은 알록달록한 야구모자와 챙이 넓은 모자를 쓴 채, 프로그램 안내 책자로 부지런히 부채질 하고 있었다. 적갈색 경기장 반대편 저 멀리서 경기 참가자들 몇 명이 나무 출입문 울타리에 기대어 이야기를 나누고 있었다. 삼천 명 이상의 관중들이 기다리고 있는 모습을 보면서 켄지는 점점 흥분이 고조되었다. 관중의 우렁찬 함성소리가 바위에 부딪혀 철썩거리는 파도 같았다.

"신사숙녀 여러분 지금부터 로데오의 막을 올립니다!" 우레와 같은 박수와 함께 확성기에서 흘러나오는 소리가 울려 퍼졌다. 카우걸 하나가 늠름한 백색 말 위에서 뜨거운 여름 바람에 펄럭이는 큰 성조기를 들고 경기장 안으로 행진하고 있었다. 다른 기수는 선홍빛 로데오깃발을 들고 그녀와 함께 걸어 들어왔다. 많은 소년 소녀들이 말 위에서 깃발을 펄럭이며 그 뒤를 따랐다. 번쩍이는 제복을 입은 고등학교 악대가 음악을 연주하며 활기차게 행진했다. 체격이 큰 익살스러운 중년여성이 다 해진 옷을 입고 고집을 부리는 조랑말에게 끌려가고 있었다. 그 조랑말은 여기저기 헝겊으로 기워진 멜빵바지를 입고 작은 밀짚모자를 쓴 모습이었다. 우스꽝스러운 장면에 모두들 배꼽을 잡고 웃었다. 어린아이들이 몇 마리 말이 끄는 마차를 타고 관중을 향해 힘차게 손을 흔들며 지나갔다. 축제를 위한 행진에 참여했던 모든 사람들이 관중의 열렬한 환호를 받으며 한 줄로 경기장을 빠져나갔다.

마침내 사람과 짐승의 격렬한 서부식 대결인 타고, 메고, 잡는 경기가 시작됐다.

"로데오가 스포츠라고 생각하세요?" 켄지가 헨리에게 물었다.

"당연하지! 로데오는 미국 제일의 스포츠야."

켄지는 보는 사람들의 즐거움을 위해 동물들을 묶고 위에 올라타면서 화나게 하는 것이 과연 스포츠인지 납득이 가지 않았다. 만약 사냥이 스포츠라면 로데오도 스포츠일 것 같은데, 라며 혼자 중얼거렸다. 그러나 확신할 수는 없었다.

경기들은 볼만 했지만 생각했던 것만큼 박진감이 넘치지는 않았다. 얼마 뒤 켄지는 로데오보다는 관중을 더 열심히 관찰했다. 관중들은 마치 기대를 배신당한 듯 점점 흥미를 잃어가는 것처럼 보였다. 카우보이들은 관객을 의식하기보다는 스스로 즐기고 있는 것 같았다. 켄지는 자동차 경주를 지켜보는 관중들은 경기 자체보다 예측할 수 없는 사고가 발생할 가능성과 그와 연관된 많은 위험들 때문에 흥분한다고 생각했다. 그는 이런 분위기를 믿을 수 없었다.

마지막 순서가 왔다. 야생마들을 실은 커다란 빨간 트레일러가 들어오자 관중들은 함성을 내지르기 시작했다. 말들은 트레일러를 산산조각 낼 기세였다. 청년들이 문을 열자 야생마 열 마리가 뛰쳐나와 이리저리 흩어져 경기장 안을 거칠게 뛰어다녔다. 말들은 발로 붉은 흙먼지를 일으키며 겁에 질려 혼란스러워하고 있는 듯 보였다. 억센 카우보이들 세 명이 한 팀이 되어 어느 팀이 먼저 말 한 마리를 잡아 안장을 얹고 말 위에 올라타는지 경쟁하고 있었다. 관중들은 열렬히 환호했다. 말들이 파란 하늘 위로 뒷다리를 높이 쳐들었다. 앞발과 뒷발로 발길질을 하자 말들의 근육이 반복해서 수축하고 이완했다. 길고 두꺼운 갈기가 불꽃처럼 휘날렸다. 카우보이 하나가 로프를 던져 사나운 야생마를 붙잡았다. 그리고 재빨리 다가가 윤이 나는 암갈색 목을 단단한 팔로 꽉 조여 비틀었다. 그동안 두 명의 동료들은 말 등에 안장을 얹기 위해 분투하고 있었다.

그때 어디선가 나타난 다른 말이 말의 목을 붙잡고 있는 카우보이를 들이받았다. 두 말은 마치 한 팀같이 행동했다. 카우보이의 몸은 무기력하게 바닥으로 내동댕이쳐졌고 모자는 하늘로 날아올랐다. 불운한 카우보이는 땅에 얼굴을 대고 엎어져 있었다. 그의 팔은 몸 아래에 꼬여 있었고 아무런 움직임이 없었다. 그는 매우 작아 보였다. 그 사고는 경기장 저쪽 한 귀퉁이에서 발생했다. 켄지는 카우보이가 무사하기를 바랐다. 그러나 아무도, 심지어 헨리마저도 그 일에 신경 쓰지 않는 듯했다. 관중들은 약물이라도 복용한 것처럼 극도로 흥분해 있었다. 로데오 광대들조차 희생자의 더 심한 부상을 막기 위해 달려가지 않았다. 오직 한 팀에 속해 있던 두 사람이 달려와 몸을 굽혀 그의 상태를 걱정스럽게 살필 뿐이었다.

관중들의 눈에는 경기장 안으로 조용히 들어오고 있는 응급차도 보이지 않았다. 구급대원들은 축 늘어진 카우보이의 몸을 들어 올려 들것에 눕히고 차 뒤에 밀어 넣었다. 구급차는 천천히 경기장 밖으로 사라졌고 아무 일도 없었다는 듯 경기는 계속되었다. 카우보이들이 말들과 고투하고 있는 동안, 말에게 들이받혔던 카우보이가 죽었다는 소문이 관중들 사이에서 떠돌았다. 켄지는 그 사실을 믿고 싶지 않았다. 한 사람의 죽음에는 아무런 관심이 없는 듯, 관중들은 경기에 몰두했다. 경기는 끝났고, 승자들은 열렬하게 환호했다. 관객들은 특별한 사건을 목격하지 않았으며, 아무것도 기억하지 않는 것처럼 보였다.

25

로데오가 끝난 후 브루웰 레젼 클럽으로 가서 저녁식사를 했다. 클럽 안은 매우 더웠고, 희미한 조명으로 인해 어두웠으며, 손님들로 꽉 차 있었다. 모두 로데오를 구경한 사람들 같았다. 그들은 즐겁게 먹고 마셨으며, 대부분 맥주를 마시고 있었다. 헨리 일행은 모퉁이 쪽 식탁에 앉아 양고기와 맥주를 즐겼다. 계산은 헨리가 했다.

저녁식사 뒤 헨리의 차를 타고 농장으로 돌아가는 길에 로이의 집에 들렀다. 열려있는 차창을 통해 지고 있는 해가 그들의 눈에 곧장 빛을 비추었다. 시원한 산들바람이 창문으로 들어왔다. 서쪽하늘은 붉게 물들었고 그들 뒤편의 동쪽하늘은 어둑어둑해졌다. 달은 이미 하늘 높이 떠 있었다.

로이의 집에 도착할 무렵엔 날이 어두워졌고, 언덕 위에서 별들이 밝게 빛나고 있었다. 매우 평화로웠다. 모두 로이의 집으로 들어갔다.

헨리는 흔들의자에 앉고 메리와 켄지는 거실에 있는 안락한 소파에 앉았다. 로이가 몸을 굽혀 상자 속에서 오래된 아코디언을 꺼내 연주하기 시작했다. 그는 바닥을 발로 치면서 박자를 맞추었고, 악기와 함께 머리와 몸을 리듬감 있게 움직이면서 즐겁게 연주했다. 그가 연주하는 음악은 폴카, 컨트리, 웨스턴을 혼합한 곡이었다. 아코디언 연주소리 말고는 모든 것들이 죽어버린 듯 언덕 위는 고요했다. 노인은 연주를 하면서 매우 행복해 보였다. 또한 손님들이 있어서 기쁜 듯했다.

모두들 노인의 음악에 귀를 기울였고 연주가 끝나자 박수를 보냈다.

로이는 손님들과 함께 음료수를 마신 뒤 음악을 더 연주하기 위해 아코디언을 다시 잡았다.

메리가 일어나 켄지에게 춤을 추자고 제안했다. 두 사람은 넓은 거실을 누비며 아코디언 선율에 맞추어 즐겁게 춤을 추었다. 그러고 나서 춤추는 것을 멈추고 음료수를 마시면서 쉬려고 소파로 돌아갔다. 켄지는 헨리에게 메리와 함께 춤을 추라고 권유했으나 헨리는 춤을 출 줄 모른다고 했다.

헨리의 가족은 집으로 돌아가야 했다. 사람들은 작별인사를 나누었다. '좋은 날의 좋은 마무리군.' 켄지가 생각했다. 켄지는 헨리의 걱정스러운 표정을 곧 알아차렸다. 여행 경비가 부담스러웠던 것 같았다.

26

다음날, 헨리는 켄지가 트럭을 타고 마을에 다녀오는 것을 허락했다.

켄지는 데니스에 들어가 카운터에 앉았다. 내부는 시원했고 리사는 책을 읽고 있었다. 손님은 아무도 없었다.

"웬일이야, 켄지."

"잘 지냈니? 리사."

"연락을 하고 오지 그랬어!"

"난 네가 이곳에서 더 이상 일을 안 할 줄 알았지."

"왜?"

"넌 여왕이잖아."

"그것과는 아무 상관없어."

그녀가 미소를 지었다.

"리사, 그날 밤에 너는 정말 멋졌어."

"고마워, 켄지. 네가 와줘서 기뻤어."

"나도, 네가 우승해서 기뻤어."

"난 정말 생각도 못했어. 여전히 믿기지가 않아."

"네가 해낼 줄 알았어. 그런데 전국대회에도 나갈 예정이야?"

"물론이지, 내년 봄이야."

"행운을 빌어."

"고마워, 농장일은 어때?"

"잘하고 있어."

"피부가 그을렸네."

켄지는 리사가 조지에 관해 묻지 않는 것에 놀랐다.

"시원한 음료 한 잔 마시려고 들렀어."

"뭐 마실래?"

"7-Up."

"알겠어."

그녀는 큰 잔에 음료를 채워 그에게 주었다.

"오늘은 쉬는 날이야?" 그녀가 물었다.

"아니." 그가 한 모금 마신 후에 대답했다. "막 관개작업을 끝내서 저녁까지 시간이 남아."

"그럼 시간 많구나. 강으로 수영하러 갈래?"

"좋은 생각이야."

"여기서 멀지 않아. 난 네가 쉬는 날도 없이 일하는 줄 알았어."

"돼지에게 맞는 착유기는 없으니까." 가벼운 농담이 그녀와의 분위기를 편안하게 만들었다.

그녀가 웃으며 말했다. "타고난 농부가 아니라면, 힘든 일이지."

"그런데 우리가 수영하러 가면 식당에서는 누가 일해?"

"제인이 일해. 오늘은 한가한 날이거든. 켄지, 수영복은 있어?"

"갖고 있어."

"잘됐다."

"갈아입고 올게." 그가 말했다. 그는 잠시 잉가를 위해 쇼핑을 하러 가고 싶었다. 동시에 무더운 날이었기에 리사와 함께 수영하러 가고 싶은 마음도 들었다.

"나도 갈아입으러 집에 가야 해. 여기서 만나자."

"그렇게 하자. 뭐가 더 필요하지?"

"없어, 내가 간단한 점심 만들어올게."

"좋아." 켄지가 미소를 지었다.

그는 서둘러 집으로 돌아와서 방에 들어가 청바지를 벗고 재빨리 수영복으로 갈아입었다. 그리고 리사를 만나러 다시 레스토랑을 향해 빨리 트럭을 몰았다.

잠시 후 켄지와 리사는 수영을 하기 위해 플라트 강을 향해 즐겁게 달려갔다.

풀이 우거진 강 주변에 있는 큰 미루나무 그늘에 차를 세운 뒤, 리사는 비치 타월이 덮여 있는 소풍 바구니를 꺼냈다. 강변을 따라 자라고 있는 크고 작은 미루나무 잎사귀들이 햇빛을 받아 빛나고 있었다. 산들바람에 나무 꼭대기에 있는 잎들이 살랑살랑 흔들렸다. 멀리 모자를 쓴 한 노인이 낚시를 하고 있었다. 그는 매우 작게 보였다. 그늘 아래에서, 리사는 비치 타월을 풀 위에 펼쳐 놓고 소풍바구니를 그 위에 올려놓았다. 켄지는 맨발에 닿는 풀의 감촉을 느꼈다.

그들은 옷을 벗어 던지고, 풀밭을 가로 질러 신나게 강으로 뛰어들었다. 그들은 서로의 얼굴에 따뜻한 물을 뿌렸다. 강 밑바닥에 있는 물은 맑고 시원했다. 켄지는 상쾌했다. 물속 깊이 자맥질하자 바닥에 깔려있는 자갈들이 햇빛을 받아 투명하게 빛나는 게 보였다. 그는 숨을 쉬기 위해 서둘러 물 위로 올라갔다. 그들은 장난스럽게 또다시 물속으로 들어갔고 숨을 쉬기 위해 동시에 물 위로 올라왔다.

"강 밖까지 경주야." 리사가 말했다. 켄지는 강변을 향해 헤엄치는 리사의 뒤를 쫓았다. 물 밖으로 나오자 그녀의 젖은 몸이 햇볕에 반짝였다.

그들은 비치타월 위에 앉아 시원하고 잔잔한 바람을 맞았다. 햄앤에그 샌드위치를 먹었고 보온병에 담긴 레몬에이드를 유리잔에 부어 마셨다.

"켄지, 언제 학교로 돌아갈 거야?"

"요번 가을에⋯⋯. 가을학기는 등록해야 해. 그렇지만 확실치 않아. 만약 아버지께서 돈을 보내주시지 않으면 학교를 그만둬야 할지도 몰라."

"학교를 마칠 수 있었으면 좋겠다. 졸업하면 일본으로 가야 해?"

"아직 잘 모르겠어."

"잉가와는 어떻게 하려고? 결혼할 예정이야?"

"아직 잘 모르겠어."

"켄지, 다음 주에 떠날 수 있어?"

"응! 결정했어. 뉴욕에서 비행기를 타고 로스앤젤레스로 돌아가려고."

"뉴욕에는 얼마나 있을 예정이야?"

"이삼 일 정도."

"뉴욕에 가고 싶어."

"뉴욕 가본 적 있어?"

"아니, 한 번도."

"뉴욕은 나도 이번이 처음이야."

"난 집고양이야. 고향을 떠나 모험하는 게 두려워."

"그렇구나."

"켄지, 동쪽에서 바람이 불어오는 게 느껴져." 그녀가 그에게 가까이 다가오며 밝은 표정으로 말했다.

"응."

"무슨 뜻인지 알아?"

"아마 아는 것 같아."

"우리가 아마도……."

"좋은 생각이 아닌 것 같아."

"왜?"

"잘 모르겠어."

"잘 될 것 같은데."

"그렇게 생각하지 않아."

그들은 남은 레몬에이드를 조용히 마셨다. 조지를 생각하자 켄지는 마음이 불편했다.

"리사, 조지는 너를 사랑해."

"난 싫어."

그녀가 그에게 입을 맞추자, 그녀의 젖은 머리카락이 오른쪽 빰을 덮었다.

"넌 나 안 좋아해?" 그녀가 긴 머리를 뒤로 넘기며 물었다.

"나도 좋아해……."

켄지는 키가 큰 풀 하나를 뜯어 입에 문 다음, 팔꿈치를 괴고 누워 입 안에서 풀잎을 이리저리 굴렸다.

"리사, 조지가 집을 나갔어."

"언제?"

"미인선발대회가 있던 그날 밤."

"이제 나를 생각하지 않아. 그래서 그런 거야."

"그것 때문이 아니야. 아버지와 심한 말다툼이 있었어."

"더 이상 나를 사랑하지 않아. 그래서 떠난 거야."

"조지는 널 진정으로 사랑해."

"모르겠어."

"정말이야, 리사"

"난 몰라."

"그래."

켄지는 조약돌을 들어 강으로 던졌고 원을 그리며 퍼져가는 물결을 가만히 지켜보았다.

"미안해."

"괜찮아."

그녀의 눈가가 촉촉해졌다. 그는 리사가 여전히 조지를 사랑하고 조지도 그렇다는 것을 느낄 수 있었다. 켄지는 잉가가 여전히 자신을 사랑하고 그도 그렇다는 것을 생각했다.

"리사, 이제 가자."

"그래."

그들은 일어서서 마른 수영복 위에 옷을 입고 자리를 정리했다. 그는 멀리서 낚시를 하고 있는 노인을 보았다. 그는 한 마리도 잡지 못한 듯 보였다.

그녀를 데려다 주기 위해서 레스토랑으로 돌아가면서 켄지는 잠시 당황스러웠던 상황을 제외하고는 기분 좋은 나들이였다고 생각했다.

27

헨리와 메리, 그리고 존은 오후에 드라이브를 나갔다. 켄지는 가지 않기로 했다. 농장에 머무른 지 4주 만에 처음으로 그는 홀로 농장에 남았다. 켄지는 자기 집에 있는 것처럼 완벽하게 편안했다. 3년 전 미국에 온 이후로 처음 느끼는 기분인 듯 했다. 켄지가 생각하기에 로스앤젤레스는 훌륭한 곳이고 그 나름의 색깔을 가지고 있었다. 그러나 미국의 한 가운데에 있는 헨리의 농장에 머물면서 켄지는 보호를 받고 있으며, 안전했고, 동화되어 가는 것을 느꼈다. 난 이곳의 일부가 되었어, 라고 켄지는 생각했다. 헨리의 집이 지금껏 살아온 보금자리처럼 느껴졌다. 그런 곳이 있는지 상상조차 못했던 곳인 그랜드 아일랜드에 처음 멈추기 이전의 켄지와 지금의 켄지는 도쿄와 그랜드 아일랜드만큼 멀었다. 심지어 잉가에 대한 고민도 잠시 잊을 수 있었다. 켄지는 인생에서 처음 맛보는 즐거움인 것처럼 이곳에서의 삶을 즐겼다. 그는 일주일 안에 또 다른 곳으로 발길을 옮길 것을 알고 있었다. 아마 그가 이곳에서 기약 없이 머무른다면 그렇게 흥분되지는 않았을 것 같았다.

그는 잉가가 그리웠다. 그는 잉가와 함께 있고 싶었다. 한동안 서로 만나지 못하다가, 곧 다시 함께 하는 것은 얼마나 기쁜 일인지 모른다고 생각했다. 그 '한동안'은 일 년 같았다. 일주일 이내에, 그는 '잭'의 정비소에서 차를 찾아 농장을 떠나 뉴욕으로 향할 것이다. 그는 뉴욕에 차를 배송한 뒤에는, 학교를 계속 다닐지 그만 둘지 어떤 결정을 내리든, 비행기를 타고 로스앤젤레스로 돌아갈 것이다. 헨리는 조지의 빈자리에 누구보다도 익숙해졌다. 아마도 켄지가 일을 열심히 했기 때문에 예상했던 것만큼 조지가 아쉽지 않았을 것이다.

그러나 메리는 조지의 빈자리로 마음이 아팠다. 그녀는 끊임없이 조지를 염려하고 있었다. 젊은이들이 이용당하고 학대당한다는 소식을 들을 때마다 조지에게도 같은 일이 일어날지도 모른다는 생각에 울기 시작했다. 그러나 켄지는 조지가 영리하고 강하기 때문에 이용당하지 않을 것이라고 생각했다. 존은 형이자 친구로서 조지를 그리워했다. 켄지는 존이 조지가 자신에게 어떤 존재였는지 깨닫기 시작했음을 느낄 수 있었다. 비록 두 사람은 다투기도 했지만, 둘 사이에는 절대 끊어지지 않는 끈이 여전히 있었다. 어떤 면에서, 조지의 가출에 가장 많은 영향을 받은 사람은 존이었다. 그는 외로움과 조지가 했던 만큼 일을 하지 못하는 자신의 무능함 때문에 조지를 비난했다. 모두들 조지가 집으로 돌아오길 바랐지만, 존만큼은 아니었다. 켄지도 조지가 그리웠다. 켄지는 조지의 가출에 특히 많은 영향을 받았다. 그가 떠난 뒤, 켄지의 역할이 극적으로 커졌다. 헨리는 조지가 있을 때보다 켄지에게 더욱 의지했고 그에게 마음을 털어놓았다. 하지만 켄지는 마음속 깊숙이 자신에게 화가 났다. 그는 온 세상이 자신의 주변으로 무너져 내리는 것만 같았다. 한 미국여성이 그와 사랑에 빠졌다. 켄지의 아버지는 그녀를 싫어한다. 게다가 포르셰가 고장 났다. 조지가 집을 떠나고 켄지가 조지의 역할을 대신하고 있는 상황이 초래됐고 만약 켄지가 없었다면, 아마도 조지는 떠나지 않았을 것이다. 켄지는 조지가 아니었다. 켄지의 양심은 평온할 수 없었다.

켄지는 화가 나 있었음에도 집 주위를 걸어 다니면서 자유스러운 분위기를 즐겼다. 그리고 그는 신문을 가지고 안락한 소파에 앉았다. 전화벨이 울렸다. 받는 것이 옳은지 그는 망설였다. 집에 혼자 있던 적도, 해리스 가의 전화를 받아 본 적도 없었다. 마침내 그는 수화기를 들기로 결심했다.

"여보세요."

"안녕? 켄지."

"뭐야, 조지! 어디야?"

"오클라호마시티에 있어."

"거기서 뭐하고 있어?"

"말하자면 길어. 차를 도둑맞았어."

"이런, 끔찍하구나."

"좋은 소식은 텍사스에서 직업을 구했어. 석유 시추플랫폼에서 일하게 됐어.”

“잘됐네.”

“일을 시작하기 전에 모두들 보고 싶어. 석 달 일하고 석 달은 쉬거든.”

“그래.”

“별 일 없지?”

“응, 다들 잘 지내.”

“다행이다.”

“조지, 리사는 너를 사랑해.”

“켄지, 나 지금 그레이하운드 스테이션에 있어. 오늘 밤 7시 30분쯤에는 G.I.에 도착하니까 버스정류장으로 데리러 와달라고 전해줘.”

“응. 곧 보자, 조지.”

조지가 수화기를 내려놓았다.

순간 켄지는 안도감을 느꼈다. 자신을 위해서가 아닌 해리스의 가족 때문이었다. 그는 그들이 얼마나 행복해 할지 짐작이 됐다. 가족은 결코 분리되어서는 안 된다. 헨리와 조지는 아마도 다시 부자지간의 관계로 돌아갈 것이다.

해리스 가족이 돌아 왔을 때 켄지는 집밖으로 달려 나가 그들을 맞이하며 기쁜 소식을 전했다.

“빌어먹을, 버스가 어디서 멈추고 있는지 알고 싶은데. 몇 정거장 전에 가서라도 만나야겠다. 곧 데려올게.” 헨리는 감정을 표현하는 것을 부끄러워하지 않았다. 그는 단지 가능한 한 빨리 아들을 데려오고 싶어 했다. 그 외의 다른 것들은 중요하지 않았다. 물론, 메리는 기쁨의 눈물에 젖은 채 미소를 띠었다. 그녀는 아들을 맞이할 만찬 계획을 세우고 있었다.

그 소식을 듣고서 메리가 가장 먼저 한 일은 리사에게 전화를 걸어 저녁식사에 초대한 것이었다. 헨리는 '도시 소녀'에 관해 무어라 중얼거렸지만 메리는 전혀 신경 쓰지 않았다. 켄지는 메리의 통화내용을 곁에서 들으며, 켄지는 조지에게 리사가 그를 사랑한다고 말하길 잘했다는 생각이 들었다. 사실, 결과는 훨씬 더 좋은 것 같았다.

28

헨리, 존, 그리고 켄지는 조지를 데려오기 위해 집을 떠났다. 버스가 일찍 도착할 수도 있기 때문에 그들은 서둘렀다.

버스터미널로 가는 길에 하얀색 해군 군용차가 그들의 반대편으로 달려갔다.

그들은 작고 텅 빈 버스터미널에서 앉아 조지를 기다렸다. 버스는 아직 오지 않았다.

헨리는 일어서서 주위를 서성거렸다. 비록 이번은 예외라 해도, 그는 어디에서 어떤 목적으로 누구를 기다리는 것이든, 기다리는 일을 좋아하지 않았다. 그는 여전히 황소고집인 헨리 해리스였다.

마침내 버스가 도착했다. 10분이 늦었다. 그들은 조지를 맞이하러 나갔다. 세 명이 내렸다. 노부부 한 쌍이 내린 뒤 조지 해리스가 내렸다. 조지는 다시 돌아온 것이 기뻐 보였다. 그는 미소를 지었다. 버스 운전기사는 짐들을 내렸고 존이 그 짐들 중에서 형 조지의 가방을 받아들었다.

집으로 가는 길에, 차안의 분위기는 설명과 용서로 가득 찼다. 대부분 조지로부터였다. 헨리 해리스의 진정한 아들이었으므로, 그는 집을 나간 것에 대해 용서를 구하지 않았지만 그가 집을 나간 행동으로 인해 모두에게 상처를 주었을 수도 있음을 인정하고 용서를 구했다. 어쨌든 그는 집에 돌아온 것이 매우 기뻤다.

헨리와 존은 조지가 없었던 지난 2주 동안의 모든 일에 대해 자세하게 알려주었다. 존은 어머니가 만찬을 차리고 있다고 조지에게 말했다. 조지는 집을 떠난 뒤 제대로 된 음식을 먹지 못했다고 했다. 그는 값싼 음식이 자신의 치아를 망가뜨렸을 것이라고 생각했다. 그는 아버지에게 리사에 관하여 물었지만, 역시 이 화제에 관해서는 헨리 해리스는 헨리 해리스답게 대처했다. 존은 메리가 전화를 걸어 저녁 식사에 초대 했지만 그녀가 거절했다고 전했다. 조지는 실망하는 것처럼 보였다. 그러나 집에 도착하기 전까지 차안은 웃음소리와 이야기가 가득했다.

집 앞에 주차하면서, 켄지는 메리가 달려 나와 울먹이며 조지와 포옹할 것이라고 기대했다. 그러나 그녀는 나타나지 않았다. 켄지는 그녀가 저녁을 준비하느라 매우 바쁘기 때문일 것이라고 생각했다. 그러나 그들이 집으로 들어갔을 때, 향긋한 음식냄새나 음악소리, 떠들썩한 분위기도 없었다. 집안은 매우 조용했다.

"메리?" 헨리가 불렀다. "메리!"

아무 대답이 없었다. 거실로 걸어 들어가자, 위층에서 흐느끼는 소리를 들려왔다. 켄지가 쓰고 있는 마이크의 방으로 헨리가 들어갔을 때, 메리는 해군제복을 입은 마이크의 사진을 안고 침대에 엎드려 울고 있었다.

"무슨 일이야? 뭐가 잘못됐어?"

메리는 사진을 안은 채 울음을 멈추지 않았다. 마침내 그녀는 헨리의 얼굴을 똑바로 쳐다보기 위해 울음을 그치고 한숨을 쉬었다.

"마이크…… 마이크와 다른 세 명의 군인들이 키티호크에서 헬리콥터 사고로 죽었어. 당신이 떠나자마자 바로 해군 행정관으로부터 전화가 왔어."

헨리는 돌아서서 책상 위에 있는 세 개의 돛이 있는 배 모형을 향해 걸어갔다. 그는 배의 로프를 손가락으로 쓰다듬어 내렸다. 그러고 나서 그는 침대로 다가가 메리를 살며시 껴안았다.

29

그랜드 아일랜드의 루터교회 안에 성조기가 덮여있는 관이 놓였다. 마이크는 평화롭게 잠들었다. 하얀 교회 벽과 암갈색의 딱딱한 나무 마루를 배경으로 붉은색, 하얀색 그리고 파란색으로 이루어진 국기가 두드러져 보였다. 베트남전쟁 이후로 그랜드 아일랜드에서는 드물게 치러지는 현역군인의 장례식이었기 때문에 군인들과 언론인들이 예상보다 많이 참석했다.

"우리는 누군가의 삶이 얼마나 길었느냐가 아니라 어떻게 살았느냐에 가치를 두어야 합니다. 여기…… 마이크…… 그는 사랑을 보여줬고…… 그의 인생은 소중했습니다. 우리 모두 그의 죽음에서 기적을 얻게 되기를 희망……." 참석한 조문객들에게 목사가 설교했다. 추념사는 감명 깊었고 설득력이 있었다. 헨리는 듣지 않았다. 그 어떤 것에도 반응하지 않는 것처럼 보였다. 켄지는 진심으로 해리스 가족의 일부가 되어 함께 앉아있었다. 그는 만나보지도 못한 사람의 죽음에 이토록 슬픔을 느끼고 또 이토록 애도할 수 있다는 사실이 믿을 수 없었다. 그는 해리스의 가족을 위해 기도했다. 만난 적은 없지만 마이크의 부인을 위해서도 기도했다. 그녀로부터 장례식에 참석할 수 없다는 전화가 왔었다. 하지만 마이크의 아들이 조부모들을 볼 수 있도록 조만간 미국을 방문하고 싶다고 했다. 켄지는 관 앞에 기대어진 사진과 집에 있는 사진을 통해서만 마이크가 어떻게 생겼는지 알 수 있었다. 사고 당시의 화상으로 인해 관은 닫혀있었다. 켄지는 이곳에 있는 모든 사람들이 마이크를 애도하고 있지 않다면, 그가 세상에 실제로 존재했다는 사실을 증명할 수 없으리라고 생각했다. 켄지는 헨리가 느끼는 상실감이 실제로 아프게 느껴졌다. 헨리는 아들을 잃어버렸을 뿐 아니라 옥수수밭이든, 헨리가 바라는 어떤 장소에서든 마이크와 함께할 미래의 시간이란 존재하지 않을 것이기 때문이다.

장례식이 끝난 뒤, 마이크의 관은 그랜드 아일랜드 군인묘지로 옮겨졌다. 푸른 잔디 위에서 눈부시게 빛나는 하얀 십자가들은 몹시 유쾌해 보였다. 조문객들이 마이크의 관 앞에 앉았을 때, 하얀 십자가들은 마치 춤을 추는 듯이 보였다.

묘지 옆에서 간략한 의식을 마치고 목사의 짧은 기도도 끝난 뒤, 나팔 소리가 울려 퍼지는 동안 여섯 명의 해군이 국기를 삼각형 모양으로 접었다. 그 중 한 명이 삼각형으로 접힌 국기를 마이크의 어머니 메리에게 정중히 건네고 나서 경례를 했다. 심금을 울리는 장면이었다. 깊은 관 속에 누워있는 단 한 사람만이 아무것도 느끼지 못하고 있으리라고, 켄지는 생각했다.

관이 무덤 아래로 내려갈 때, 가족들이 관 위에 한줌의 흙을 뿌리려고 다가왔다. 존이 첫 번째로 했고, 그 다음에 조지, 메리, 헨리, 헨리의 부모님, 친척들 그리고 가족의 가까운 친구들이 했다. 켄지가 마지막 순서였다. 켄지는 한 번도 보지 못한 누군가의 장례식이라는 것에 기묘한 느낌이 들었다. 모든 순간들이 매우 애통했다. 하얀 십자가들이 새로이 만들어진 무덤을 향해 경례를 하는 듯했다.

켄지는 장례식이 끝나자마자 가족들이 곧장 집으로 돌아가 최선을 다해 일상을 살아갈 것이라고 생각했다. 그러나 예상과 달리 헨리의 가족과 리사는 바비큐파티를 하러 그랜드 아일랜드에서 차로 40분 거리인 셔먼호수로 갔다. 몇 척의 돛단배가 시원한 바람을 타고 미끄러지듯 나아가고 있는데, 모터보트 몇 척이 물살을 가로질러 쏜살같이 지나갔다. 돛단배가 뒤집어지자, 세 명의 소년들이 기울어진 돛단배를 똑바로 세우려 애를 썼다. 호수의 다른 편에서는 막 도착한 트럭이 짐칸에 실려 있는 배를 물에 띄우기 위해 물가로 후진하고 있었다. 어떤 모터보트는 수상스키를 끌고 커다란 원 하나를 그리며 호수 저편으로 사라졌다. 멋진 풍경이었다.

눈물과 웃음, 맛있는 음식과 맥주가 뒤섞인 기나긴 나들이였다. 그들은 탄식과 한숨으로 마이크를 회고했다. 마이크는 이렇게 다 함께 한자리에 모이는 것을 좋아했을 것이다. 슬픈 일이었지만 덕분에 이처럼 모두 모일 수 있었다. 모임은 그 어떤 비극이라도 인생의 수레바퀴를 멈출 수 없음을 증명하고 있었다.

나들이는 계속되었고 맥주와 와인이 줄어들면서 분위기는 점점 밝아졌다. 헨리도 어느 순간 다른 이들 만큼 즐기는 것처럼 보였다. 그는 리사와 농담까지 주고받았다. 리사는 그 모임에서 켄지를 제외하고 유일한 도시 사람이었다.

켄지는 조지와 리사가 한쪽으로 걸어가서 내밀한 대화를 나누는 모습을 보았다. 그들은 뜻을 함께하는 듯 머리를 끄덕였고, 당당하게 손을 잡은 채 사람들 속으로 돌아왔다.

사람들 목소리가 컸기 때문에 조지는 모두를 주목시키기 위해 두세 번 큰소리로 외쳐 조용히 해달라고 부탁했다. 켄지는 조지가 무슨 말을 할지 알 것 같았지만 지금이 적절한 순간인지 의심스러웠다.

"주목해주세요, 여러분. 리사와 저는 여러분들과 함께 나누고 싶은 것이 있습니다. 저희는 지금 이 순간이 어느 누구에게도 기쁜 날이 아니라는 것을 잘 알고 있습니다. 그래서 그것을 변화시키고 싶습니다. 리사와 저는 결혼하기로 결정했습니다. 빠른 시일 내에요!" 사람들은 놀라는 표정을 지었다. "저희는 반드시 해야 할 필요 때문에 하는 게 아니라 하고 싶어서 결혼하는 것입니다!" 단 한 사람을 제외하고 모든 사람들이 폭소를 터뜨리면서 그들에게 격려와 응원을 보냈다.

반대하는 사람이 누구인지 모두들 알고 있었다. 헨리는 돌아서서 사람들 무리로부터 걸어 나갔다. 빠른 걸음도 아니었고, 정해진 방향이 있는 것도 아니었다. 사람들이 미래의 신랑과 신부에게 축하를 해주는 동안 그는 그냥 걸었다. 그를 주목하는 사람은 켄지뿐이었다. 그는 마이크를 잃은 것처럼 아들 하나를 더 잃은 것처럼 행동했다. 켄지는 마이크의 장례식을 치른 교회와 같은 교회에서 슬픔에 잠겨 결혼식에 참석하는 헨리의 모습을 상상했다. 켄지는 그가 무슨 생각을 하고 있는지 알고 싶어 헨리와 대화하고 싶었다. 또 이렇게 되는 게 가장 최선이었음을 설득하고 싶었다. 하지만 헨리는 지금 켄지도, 그 누구와도 이야기하려 하지 않았다.

30

텍사스로 떠나기 전에 시간을 보내기 위해, 조지는 오래된 트랙터를 고치고 있었고 켄지는 그를 돕고 있었다.

"빨간 걸레 옆에 있는 렌치 좀 줘." 조지가 켄지에게 말하자 켄지는 조지에게 도구를 건넸다.

"조지, 내가 잉가와 결혼해야 한다고 생각해?"

"난 네가 그녀와 결혼하는 것이 좋을 것 같아."

"그럼 대학은 어떻게 하고? 내가 잉가를 계속 만나면 아버지께서는 돈을 절대 안 보내주실 거야."

"젠장! 켄지, 잉가에게 도와달라고 하면 되잖아. 뭐가 문제야?"

"잉가한테 부담 주고 싶지 않아. 그런 결정을 내릴 용기도 없지만."

"잉가가 널 사랑하고 너도 잉가를 사랑하는데 서로 돕지 않을 이유가 어디에 있어? 너도 알다시피 난 미인선발대회에서 리사가 우승하는 걸 두려워했잖아. 내가 이기적이었지. 난 오직 나만 생각했던 거야. 사랑이란 뭐야? 희생이야. 리사는 나를 위해서 전국대회를 포기했어. 잉가에게 도와달라고 해. 그렇지 않으면 네가 그녀와 함께 있고 싶어 하지 않는다고 생각할 거야."

"그럴 듯하네." 켄지가 말했다. 그는 그 문제에 대해 무언가를 깨닫기 시작했다.

"만약 그렇게 되면, 넌 아버지의 아들은 될 수 있지만 너 자신은 될 수 없지."

"그러면 내가 아버지와 맞서야 한다는 거야?"

"물론이지. 네 아버지를 기쁘게 해드리려고 일본여자와 결혼한다고 해보자. 아버지가 돌아가신 후에 너는 사랑하지 않는 여자와 살게 되는 거고 심지어 훌륭한 아들로 보이고자 했던 아버지마저 세상에 없는 거지. 나를 봐. 아버지께서 리사를 좋아하지 않아도 내가 결정을 내렸잖아. 켄지, 그럼 안 되겠어? 네가 원하는 걸 선택해. 그 선택으로 네 인생이 결정되는 건데."

"하지만 그건……."

"그럼 다 잊어버려."

조지는 일어서서 트랙터에 앉아 시동을 걸었다. 새것처럼 작동했다. 조지와 켄지는 서로를 보며 웃었다.

"이제 도색만 하면 새 트랙터나 다름없어."

켄지는 잉가를 향한 변하지 않는 사랑 때문에 견딜 수 없이 고통스러웠다. 그녀는 매우 순수하고 정직했다. 한 번의 수확을 위해 천 일 동안 인내하기로 하려 하자, 그는 맹렬한 눈사태가 닥쳐오고 있는 것처럼 느껴졌다. 만약 내가 선택을 해야 한다면……. 거절할 수 없는 사랑의 꽃 한 송이를 바쳐야 할까? 무모한 생각은 그를 숨 막히게 했다.

갑자기 그는 일본에 있는 가족에게 전화를 하고 싶은 생각이 들었다.

어머니가 어두운 목소리로 전화를 받자, 켄지는 이상한 느낌이 들었다.

"켄지, 아버지가 돌아가셨단다."

"언제요?"

"오늘 아침, 심장마비로……."

"장례식은요?"

"오늘부터 사흘 뒤야. 아버지가 너에게 돈을 조금 남겨 놓으셨단다. 아버지가 원하셨어."

"알겠어요."

"켄지, 네 친구 타카시가 통화하고 싶다는 구나."

켄지의 아버지의 밑에서 일하는 타카시 와카마츠가 전화를 받았다. "켄지?"

"타카시, 아버지께서 돌아가시기 전에 나에 대해 말씀하신 거 있어? 잉가 때문에 매우 화가 나셨거든."

"응. 네가 일본여자와 결혼하지 않는 것에 매우 실망하셨어. 그렇다고 너를 미워하셨던 것은 아니야. 너에 대해 자랑스럽게 생각하셨어. 단지 아버지가 화가 난 건 네 여자친구 때문이야."

"그 실망감 때문에 돌아가셨을까?"

"그렇지는 않아. 의사선생님이 카로시(과로로 인한 사망)라고 하셨어. 최근 회사에서 엄청난 압박을 받았거든. 네 어머니와 얘기 나누는 게 좋겠다."

"켄지!" 어머니가 말했다. "장례식에 참석할 수 있겠니?"

"네, 내일 떠날 거예요."

켄지는 수화기를 내려놓았다. 순간 그는 매우 심란했고 감정이 폭발할 것 같았다. 그러나 그는 자제력을 발휘했다.

조지가 다가와서 물었다. "무슨 일이야? 안색이 많이 안 좋아 보이는데." 켄지가 전화를 받는 동안 그는 가까이에 서 있었다.

켄지는 조지에게 설명했다.

"유감이다."

"장례식 때문에 곧 일본으로 떠나야 해."

"차는 어떻게 하고?"

"깜빡 잊고 있었네."

"이렇게 하면 어때? 내가 리사와 결혼하고 나면 우리가 신혼여행 가는 길에 차를 배달해 줄 수 있어."

"같은 방향인가?"

"리사가 포코노스 어딘가로 신혼여행 휴양지로 가길 원하거든. 뉴욕 가까이에 있어."

"부담스럽지 않다면······."

"아니. 전혀."

"먼저 로스앤젤레스에 있는 사람에게 전화해봐야겠다."

켄지는 전화기를 들어 로스앤젤레스의 배송회사 담당자에게 전화를 걸었다. 그는 갑작스러운 상황을 설명했고, 계약을 대신 이행해줄 수 있는 친구가 있다고 말했다. 담당자는 이해했고, 수락했다.

31

흐리고 무더운 이른 오후 켄지는 헨리, 조지 그리고 존과 밭에서 관
개작업을 하고 있었다.

"일할 필요 없어, 켄지. 비행기를 놓칠까봐 걱정된다." 헨리가 말
했다.

"괜찮아요. 시간이 아직 많이 남았어요. 지금은 좀 바쁘게 움직이
는 게 더 좋아요."

"그래, 이해한다." 헨리가 상냥한 목소리로 대답했다.

그들은 계속해서 일을 했다.

"좀 봐! 얼마나 크고 좋은지! 안 그래, 켄지?" 헨리가 그의 키를 훌
쩍 넘어선 옥수수 줄기들을 가리키며 자랑스럽게 말했다.

"그러네요. 여기서는 하늘밖에 안 보여요."

"어디가 어딘지 알기 어렵지. 옥수수밭에서는 방향감각을 쉽게 잃
어버려."

"밀림 같네요. 희귀한 새들이 나올 것 같아요."

"내 생애 최고의 해가 될 거야!" 헨리가 미소 지으며 말했다. "이 옥수수로 지난 삼 년간의 손실을 다 메울 수 있겠다."

"가격도 오르고 있고, 게다가 아저씨를 제외한 다른 사람들은 옥수수를 적게 심었으니까요."

"틀림없이 나의 해야! 잃었던 걸 보상받을 수 있을 거야."

"잘 되어가는 걸 보니 정말 기뻐요." 켄지가 말했다.

"켄지, 내가 존이랑 의논해 봤는데 말이야. 녀석은 어리지만 감각이 둔하지 않거든." 헨리가 두 아들이 들리지 않는 곳에서 말했다. "존은 항상 자기가 무슨 말을 하는지도 모르는데 이번에는 아주 좋은 생각을 제시했어. 내가 콩을 심으면 적은 노력으로 더 나은 결과를 가져올 수 있다고 말했어. 맞는 말이야. 특히 마이크가 없고 조지도 떠나야 하는 상황에서는."

"이 밭 전체에 새로운 것을 심는데 큰 비용이 들지 않을까요?" 켄지가 물었다.

"물론, 목돈이 필요하지. 그래도 옥수수농업의 악순환으로부터 벗어나려면 새로운 시도를 해야만 해. 가격이 일이 년 동안 올랐다가 다음 이삼 년 동안은 떨어지거든. 더군다나 항상 악운이 없기를 기원하는 것은 도박이나 마찬가지야." 그가 시인했다.

"비용을 감당할 수 있으세요?"

"올해 수확으로 가능할 것 같아. 이미 콩으로 바꾸는 데 필요한 모든 걸 주문하기 시작했어. 아직 들어오지도 않은 돈을 이미 써버렸어. 그렇지만 두세 달 안에 수확이 끝나면 돈이 들어오기 시작하지."

"잘 될 거 같아요." 켄지가 하던 일을 멈추며 말했다. 그는 손등으로 이마의 땀을 닦았다.

"비가 올지도 모르겠다. 그럼 우리가 하고 있는 일이 소용없게 될 거야." 헨리가 서서히 어두워지는 하늘을 올려다보며 말했다.

"이렇게 후덥지근한 날에 소나기라도 내리면 얼마나 좋을까!"

태양이 구름 뒤로 가려지자 켄지는 어두워지는 하늘을 걱정스럽게 올려다보았다. 불길한 바람이 불지 않기를 간절히 바랐다. 그러나 헨리는 아무 걱정도 하지 않는 듯 했다. 잠시 후, 습도가 높은 남풍이 사납게 불기 시작했다. 옥수수 줄기들이 바람에 구부러졌다.

헨리가 어둑어둑해진 하늘을 두려운 표정으로 바라보았다. 귀가 찢어질 듯 땅을 울리는 우레를 동반한 번개가 하늘을 가로질렀다. 조지가 일을 멈추고 달려와 소리쳤다. "이런, 심판의 날이 또 오나 봐요!"

"허튼소리 하지 마라!" 헨리가 소리쳐 대답했다.

가랑비가 내리고 있었다.

존과 켄지는 이상한 구름을 바라보며 탄식을 내뱉었다. 마치 밤이 오듯 매우 어두워지는 동안, 공기는 한겨울처럼 차가워졌다. 헨리는 동상처럼 우뚝 서서 하늘을 쳐다보고 있었다.

"아버지! 아버지! 여기서 빨리 벗어나야 해요!" 조지는 헨리의 어깨를 흔들며 소리쳤다.

헨리는 믿을 수 없다는 듯 계속해서 하늘을 쳐다보았다. 차갑고 강한 북서풍이 불어왔고, 얼어붙은 하늘에서 쏟아져 내린 얼음덩어리들이 헨리의 얼굴을 할퀴었다. 그러자 조지가 뒤로 한 발자국 물러나더니, 온힘을 다해 주먹으로 아버지의 얼굴을 때렸다. 켄지는 자신의 미국인 식구에게 연민을 느꼈다. 다른 사람들이 장비들 아래로 몸을 숨기는 동안 켄지는 피하지 않았다. 얼음덩어리들이 요란한 소리를 내면서 장비들 위로 떨어졌다가 튕겨져 나왔다. 켄지는 하늘의 관대함을 느끼지 못하는 생명 없는 동상이 아니었다. 키 큰 옥수수 줄기들이 얼음덩어리에 패이고 조각조각 부서지더니, 들판 위로 천천히 쓰러졌다.

5분 전만해도 사람과 장비는 옥수수밭에서 전혀 보이지 않았다. 그러나 우박이 휩쓸고 간 뒤, 사람과 장비들이 선명하게 보였다. 눈 깜짝할 사이에 수북이 쌓인 흙 묻은 골프공들 사이에 치명적인 야구공들이 박혀 있었다.

존과 조지가 켄지에게 달려왔다. 헨리는 그들 뒤에서 걸어왔다.

"켄지, 괜찮아?" 조지가 걱정하며 소리쳤다.

"난 괜찮아."

"왜 그랬어?" 헨리가 눈물과 피로 범벅이 된 켄지의 얼굴을 보며 물었다.

"모르겠어요."

조지는 이해했다.

"네가 우리들이 이 쓰레기를 지키기 위해 싸워왔다는 것을 보게 될 줄 몰랐다." 헨리는 가식이 깃든 미소로 불운을 애써 감추며 말했다.

"가혹한 말씀이네요." 켄지가 얼음덩어리를 부츠로 차며 말했다.

"악마······."

낮고 어두운 구름이 동쪽을 향해 달리고 있는 동안, 그들은 경기에서 패배한 선수들처럼 꼼짝하지 않은 채 무기력하게 서 있었다.

아메리칸 블랙퍼스트

ⓒ2015 Hideo Asano

초판인쇄 _ 2015년 5월 26일

초판발행 _ 2015년 5월 29일

지은이 _ 히데오 아사노

옮긴이 _ 부희령

발행인 _ 임요희 홍순창

발행처 _ 앨리스북클럽

서울 종로구 돈화문로 94, 302(와룡동, 동원빌딩)

전화 02-2271-3335

팩스 0505-365-7845

출판등록 제2-3835호(2003년 8월 23일)

홈페이지 www.todammedia.com

편집미술 _ 김연숙

ISBN 979-11-955305-0-2